書下ろし

時代小説

阿哥《あご》の剣法

―よろず請負《うけお》い―

永井義男

祥伝社文庫創刊十五周年記念　特別書下ろし作品

阿哥《あご》の剣法

よろず請負《うけお》い

（一）

池のなかには、棒杭《ぼうぐい》がたくさん立ち並んでいた。

棒杭の間隔はまちまちであり、また並び方もけっして一直線ではない。ゆるやかに曲線を描いたかと思うと、途中で急に鋭い角度で折れ曲がったりしている。

その棒杭の上を、男がゆっくりと歩いていた。右手に持った刀に、春の陽射《ひざ》しがきらきらと反射している。

襷《たすき》をかけて着物の袖をたくし上げ、馬乗袴《うまのりばかま》に素足《すあし》である。

池のほとりの雑草のなかに、雪駄《せった》が脱ぎ捨てられていた。ここで雪駄を脱ぎ、棒杭に跳びのったのであろう。

棒杭の断面は、ほぼ人の拳《こぶし》くらいであろうか。足の裏の全部をのせることはとてもできない。

少しでも足を滑らせ、あるいは体重の安定をくずすと、たちまち池のなかに転落するはずだった。

だが棒杭の上を伝って歩く男の足取りは、まるで塀の上を進む猫のように忍びやかで、しかもいささかもためらいがなかった。

突然、男が空中に身をひるがえし、白刃《はくじん》が閃《ひらめ》いた。

次の瞬間には、男は数本を飛び越した棒杭の上に、音もなく着地していた。

濁った池の水には、波紋も起きていない。男の体重を受け止めながらも、棒杭はほとんど振動しなかったことになる。

小鳥が枝から枝に飛び移るような身軽さだった。

桜の花びらがヒラヒラと舞いながら落ち、男の足元の緑色によどんだ水に浮いた。花びらは、ふたつに切断されていた。

男は棒杭から棒杭へ跳び移りながら、風が運んでくる桜の花びらを一刀両断にしていたのだ。

よく見ると、池の水に浮いた桜の花びらは、ほとんどがふたつに切断されていた。かなり以前から、棒杭の上で刀を振るっていたのであろう。

男は獲物をねらう猛禽《もうきん》のように、棒杭の上にやや腰を落とした姿勢で立ちつくし、静かに次の花びらを待っている。

時には庭の木々の枝葉がざわめき、池の上にさざ波がたつほどの強い風が吹きつけてくるのだが、棒杭の上に立つ男は微動だにせず、まるで風景に溶け込んでいるかのようだった。

男がやや落としていた腰を伸ばし、ゆっくりと振り返った。

せわしない足音が近づいてきた。その足音に気づいたらしい。

振り返った顔は色白で、切れ長の目はややつり上がっている。けっして鼻が低いというわけではないのだが、顔全体にどことなく扁平《へんぺい》な印象があった。年齢は三十前後であろう。

庭のなかに入ってきた若い男は、

「阿郷《あごう》さん、阿郷十四郎《じゅうしろう》さん」

と呼びかけながら、池のそばまで来た。剣術防具の竹胴をつけ、素足に下駄《げた》ばきである。

「やはりここでしたか。よかった」

若い男は池のそばに立ち、安堵《あんど》のため息をついた。

色が浅黒く、頬骨が高い。まだ十六、七歳であろうか。

阿郷十四郎と呼びかけられた男は、棒杭の上から、

「これはこれは、藤田《ふじた》殿ではないか。貴公が拙者《せっしゃ》の居場所をここと判断したのは正しかった。ほかに行く当てもない。ここだと金もかからぬ。で、拙者に何か用か」

本気とも冗談ともとれぬ口ぶりだった。

いっぽうの若い男は、剣術道場の石井《いしい》道場に内弟子として住み込んでいる藤田角之助《かくのすけ》である。

角之助は有無《うむ》を言わせぬ口調で、

「道場のほうにすぐ来てください。道場破りです」

「おいおい、またか。剣術道場が、道場破りが来るたびに助っ人を頼んでいたんでは、洒落《しゃれ》にもなるめえよ」

「きょうの男は、かなり手強《てごわ》いというか、たちの悪い奴でしてね。阿郷さんでなければ、とても太刀打《たちう》ちできません」

「うれしいことを言ってくれるぜ」

ことばが終わらないうちに、十四郎は次の棒杭に跳び移っていた。空中で白刃が閃いた。

桜の花びらが十四郎の肩をかすめ、流れていった。

「ちっ、仕損じた」

角之助はいらだちをあらわにして、

「のんびり桜の花びらと戯《たわむ》れている場合ではありませんぞ。急いでください。先生が人も出てましてね。このままでは無事におさまりそうもないのです。先生が、『阿郷十四郎殿を呼んでまいれ』と、おっしゃいましてね」

「けが人とはおだやかでないな。それに、石井先生のお召《め》しとあれば、参上せぬわけにもいくまい。では、風流もこれまでとしよう」

十四郎は刀を腰の鞘《さや》に収め、軽やかな足取りで棒杭を伝うと、池のほとりにとんと降り立った。そして雪駄をはきながら、

「道場破りは、どんな野郎だ」

角之助はもう先に立って歩き出しながら、

「井出広太郎《いでこうたろう》と名乗っています。メンを打ち込みながら、体当たりで相手を吹っ飛ばし、倒れたところをさらに打ちすえるという手荒さでして。その荒っぽ

さをたしなめたところ、

『真剣勝負だったらそんな悠長なことは言えまい。剣術は百姓町人の遊びではないぞ』

と、うそぶく始末。石井先生に立ち合いを申し込んでいまして。けっきょくは、金をせびり取るつもりでしょうが。石井先生が、

『みどもの代わりに、師範代を立ち合わせましょう』

と言って、阿郷さんの出番となったわけです。石井先生は、ああいう野卑《やひ》な男とは立ち合いませんから」

「よく言うぜ。野卑な男のお相手をするのは、拙者の役目というわけか。かたじけなさに涙がこぼれそうだ」

「井出広太郎も、さぞ阿郷さんを待ちかねていることでしょう」

「むくつけき野郎に待ちかねられても、うれしくもなんともないがね」

十四郎はなおも減らず口をたたいていた。

しかし、角之助のほうは相手にしないことに決めたのか、返事もせずに足を早める。

「だがよ、もし拙者がいなかったらどうするつもりだ」

「そのときは、金を包んで退散してもらうしかありません」

角之助が前を向いたまま、怒ったように言った。

石井道場まではすぐである。


棒杭の立つ池も石井道場も、同じ武家屋敷の敷地内にあった。

中田左近《なかたさこん》は五百石《こく》の旗本であるが、四谷西念寺横丁《よつやさいねんじよこちょう》の拝領屋敷は、敷地は五百五十三坪の広さがある。

小身の旗本や御家人は例外なく生活が困窮していたため、内職のほかに、広い敷地を利用してその一部を町人などに貸し、副収入を得ることが一般的におこなわれていた。

中田家の家禄は五百石だから、小身とまではいかず中位であるが、やはり敷地の一画を石井道場に貸し、地代収入を得ていたのだ。

また、阿郷十四郎は中田左近の家来ということになってはいたが、実態は居《い》候《そうろう》だった。

しかし、中田家も居候を養うほどの余裕はない。敷地のなかに建てられた家来用の長屋を、十四郎に住居として提供しているだけである。食い扶持《ぶち》は自分で稼がねばならなかった。

とはいえ、庭の池のなかに棒杭を打ち込んでも苦情を言うわけではないのだから、万事に鷹揚《おうよう》ではあった。

*

西念寺横丁と呼ばれている通りに面した道場の武者窓《むしゃまど》の前には、すでに多数の見物人がつめかけていた。

使いの途中らしい丁稚《でっち》風の少年もいれば、行商の途中らしい棒手振《ぼてふり》の男もいる。武者窓越しになかをのぞき込んでは、ひそひそ声で隣りと話をしていた。

いっぽう道場の内部は竹刀《しない》を撃ち合う音もせず、しんと静まり返っている。静けさのなかに、気のせいか緊迫感がただよっていた。

井出広太郎はもちろん、道場のだれもが息をひそめて、阿郷十四郎の登場を待っているのであろう。

「繁盛するのはけっこうだが、道場破りが多いのも困るな。よほどもうかっていると思われているのであろう」

十四郎が藤田角之助の背中に向かって言った。

角之助は返事もしない。

石井道場が繁盛しているのは事実だった。しかも、門人は町人や農民が多い。

従来、剣術の稽古《けいこ》は木刀を用いておこなわれていた。だが木刀では、試合形式の稽古は難しい。木刀で本気で撃ち合えば負傷は避けられないし、打ち所《どころ》が悪ければ死亡することもある。

そのため、型の稽古が中心だった。木刀を使って、延々と型の稽古を繰り返すだけだったのだ。

ところが、江戸時代初期の慶長《けいちょう》年間（一五九六〜一六一五）、柳生新陰流《やぎゅうしんかげ》で鹿皮の細長い袋に竹ひごをつめた袋竹刀《ふくろしない》がくふうされ、おもに新陰流の系統で使用されるようになった。

その後、いろいろな防具も考案され、江戸時代中期の正徳《しょうとく》年間（一七一一〜一六）になり、直心影流《じきしんかげ》の長沼四郎左衛門国郷《ながぬましろうざえもんくにさと》が防具の原型にあたる面、籠手《こて》、胴をつくり、芝西久保《しばにしくぼ》の道場で用いた。

この防具を用いての実戦的な稽古は評判をよび、入門者が殺到したが、他流派はこれを邪道として軽蔑し、依然として組太刀の型稽古を中心にしていた。

しかし、宝暦《ほうれき》年間（一七五一〜六四）になり、小野《おの》派一刀《いっとう》流中西《なかにし》派の中西忠《ちゅう》蔵子武《ぞうたねたけ》が四つ割りの竹を皮でくるんだ新式の袋竹刀を採用し、竹刀と防具を用いる稽古を始めるに及び、他流派でもこぞってこれにならうようになった。

そして、剣術の大衆化が一気に進んだ。町人や農民までもが、剣術道場に通うようになったのだ。

木刀と違い、竹刀と防具であればまずけがの心配はない。しかも、気軽に試合ができるため、なによりも剣術が格段に面白くなったのである。

当時、娯楽が少なかった。剣術の試合は、町人や農民にとってもそれまでになかった新鮮な娯楽「ヤットー」だった。

また、剣術も芸事などと同様、その上達は天分と努力によって決まる。武士の家に生まれたからといって、すべて剣術に天賦《てんぷ》の才があるとはかぎらないし、怠け者もいる。むしろ、農民や町人のなかに才能に恵まれた者もいた。

その好例が、千葉周作《ちばしゅうさく》と斎藤弥九郎《さいとうやくろう》であろう。

江戸の三大道場といわれたのは、北辰《ほくしん》一刀流の玄武館《げんぶかん》、神道無念流《しんとうむねん》の練兵《れんぺい》館《かん》、鏡新明智流《きょうしんめいち》の士学館《しがくかん》であるが、北辰一刀流の創始者で玄武館の館長の千葉周作は貧農の出身、また練兵館の館長である斎藤弥九郎も農民の出身だった。

江戸や、江戸の周辺ではとくに、町人や農民のあいだで剣術熱が高まった。だが、こういう傾向は、武士階級にとっては苦々しいかぎりだった。

文化《ぶんか》二年（一八〇五）五月、幕府は農民が武芸稽古をすることを禁じる布告を出した。以後、農民や町人に対して同様の禁令がしばしば出されたが、これはとりもなおさず、庶民のあいだに剣術熱が高まっていたことを示していよう。

石井道場を開いた石井又左衛門《またざえもん》は、こうした新しい階層に着目し、彼らを楽しませることを道場経営の方針とした。精神修養を押しつけたり、小難しい理屈を述べることをいっさいやらず、試合形式を多用して、彼らを楽しませることに徹したのである。

こうなれば、人気が出ないほうがおかしい。

甲州《こうしゅう》街道（道中）の最初の宿場である内藤新宿《ないとうしんじゅく》（東京都新宿区）にほど近いこともあって、石井道場は内藤新宿やその近在から町人や農民がつめかける盛況ぶりだったのだ。

石井は経営者として、なかなか才覚があったといえる。

ただし、肝心《かんじん》の剣術の腕のほうはさっぱりだった。彼にとって、剣術道場はあくまで商売だったし、道場経営に専心したのだ。

とはいえ、石井も最後のところでの良心は失っていなかった。

彼は剣術の技量はそれほどでもなかったが、不思議と教えじょうずだった。町人や農民などの初心者に基礎をわかりやすく教え、各人の長所をうまく引き出したのだ。

また、彼は人の才能を見抜く鋭い眼力も備えていた。門人のなかに素質があり、かつ向上心を抱く者がいると、ためらわずに他の有力道場を紹介し、そこに通うことを勧めた。

娯楽と商売に徹しながらも、見出した才能を伸ばすことにはけっしてやぶさかではなかったし、また利害得失にもこだわらなかった。

しかし、道場の繁盛ぶりだけを見て、石井を金もうけの権化《ごんげ》のように蔑視《べっし》する向きも少なくなかったし、また嫉妬《しっと》や反感を抱く者もいた。

いきり立った道場破りや、他流試合を装った強請《ゆすり》が押しかけてくることも珍しくなかったのだ。

こういう輩《やから》を撃退するため、近所のよしみもあって、阿郷十四郎が用心棒を頼まれるようになったのだった。

*

道場は二十坪の広さで、床《ゆか》は板張りである。その道場の隅で、ふたりの門人が体を横たえ、苦しそうにうめいていた。

広い月代《さかやき》と髷《まげ》の形から、農民か町人であろう。かなりこっぴどく打ちのめされたらしい。

農作業であれ商《あきな》いであれ、数日間は打撲の後遺症で仕事もできないであろう。

痛みに苦悶《くもん》しているふたりを見て、阿郷十四郎は勃然《ぼつぜん》と怒りがこみ上げてくるのを覚えた。同時に彼は、自分に怒りがこみ上げてくることがうれしくもあった。

怒りは闘志に転化する。

たんに道場破りというだけでは、彼は闘志を燃やせないことも多かったのだ。

彼には、全身にふつふつと闘争心が満ちてくるのが心地よかった。

「阿郷十四郎と申す。貴殿ごときに、石井先生が出るまでもない。拙者がお相手しよう」

十四郎は腰の刀を抜き取り、藤田角之助に渡した。

「井出広太郎と申す。手加減はせぬぞ。覚悟はよろしかろうな」

ぬっと立ち上がった井出は、かなり大柄だった。その長身に比べても、異様に腕が長い。

面金《めんがね》の奥の顔は、目も鼻も大作りだった。目はぎょろりと大きく、鼻は横に開いている。

井出はその長い腕で、竹刀を威嚇《いかく》するように振りながら、

「早く用意をせられよ」

十四郎に防具をつけるよう促《うなが》した。

だが、十四郎は丸腰のまま、

「いや、拙者はこのままでよい」

「なにぃ」

井出の顔が、面金の奥で険悪にゆがんだ。

十四郎がつつと走りながら、

「おい」

と、声をかけた。

角之助が竹刀を放り投げた。

十四郎は空中で竹刀を受けとめ、横をすり抜けざま井出の右肘《ひじ》を撃った。

「つ、痛う」

井出の体が苦痛で硬直した。

肘は籠手で守られてはいない。そこを、十四郎が直撃したのである。

「ひ、卑怯《ひきよう》な」

井出が憤怒《ふんぬ》の声を発した。

十四郎は大まじめな顔で、

「これは異《い》なことを申されるな。もし真剣勝負であれば、そんな悠長なことは言っておれますまい。剣術は遊びではありませんぞ」

十四郎の切り返しに、見守る門人たちがどっと沸いた。溜飲《りゅういん》の下がる思いらしい。

「くそう、言わせておけば。容赦《ようしゃ》はせんぞ」

井出が竹刀を上段に振りかぶった。だが、まだ右肘が痺《しび》れているのか、構えがややおくれた。

そこをすかさず、十四郎が相手の手元に跳びこみながら左の脇の下を撃った。脇の下も胴で守られてはいない。

「ううっ」

井出が苦悶のうめきをもらした。

だが、井出も屈強だった。脇の下の激痛に耐えながら、右手だけの力で竹刀を振り下ろした。

しかし、右手だけである。打撃は弱い。

振り下ろされた竹刀を軽く受けとめ、横に払うや、十四郎は突然身を沈ませ、今度は相手の臑《すね》を撃った。

ついに井出は、床板を響かせて転倒した。

「おおーっ」

武者窓の外で、見物人たちがどよめいた。

「やったー」

門人たちのなかには、躍《おど》り上がって喜んでいる者もいる。

その内外の騒ぎを、石井又左衛門が、

「静かに」

と軽く制した。

とたんに、道場の内外は水を打ったように静まりかえった。

石井は道場奥の一段高くなった場所に、端然と座っている。背後の床の間には、香取《かとり》神社と鹿島《かしま》神宮の軸が掛けてあった。

石井はただ座っているだけでも、その威厳はなかなかのものがある。丸顔で温厚な風貌であるが、どこか侵《おか》しがたい風格が備わっていた。髪に白髪が目立つのも、かえって一種の品格につながっていた。

いったん床に倒れた井出が、怒声を発しながら立ち上がり、今度は十四郎に強引に組み付こうとした。すでに逆上してしまっているらしいが、その勇猛さは鬼気迫るものがある。

「うおおー」

野獣のような咆吼《ほうこう》をあげ、ほとんど体当たりのようにして、がむしゃらにむしゃぶりついてくる。まるで手負いの熊か猪《いのしし》のようだった。

しかし、十四郎は軽快な身のこなしで井出の突進をかわした。いったん井出の突進をやり過ごしておいて、後頭部を竹刀で一撃した。

後頭部も面で守られていない。

道場に、乾いた音が響いた。

井出は朽《く》ち木が倒れるように、ふたたび顔から床に突っ伏していった。面金が床板にぶつかり、鈍い音を発した。

体はぴくりともしない。完全に失神しているようだった。

（二）

障子が開け放たれているため、中田家の庭にある桜の木が見える。花はもうほとんど散り、新緑の葉が目にやわらかい。

道場の奥にある座敷である。

ひじき白和《しらあえ》を見て、阿郷十四郎が言った。

「ほほう、これはおつですな」

ひじき白和は、粉ひじきと裏ごしした豆腐などをあえた料理である。

「ひじきには食傷しているはずですが、白和にするとまた格別で、酒の肴《さかな》に最適ですな」

油揚げや大豆とひじきを煮込んだひじき煮は、安価で日持ちがすることもあり、庶民の代表的な総菜だった。十四郎も、ひじき煮だけがおかずという食生活は珍しくなかったのだ。しかし、白和となると別である。

そのほか、刺身なども並んでいる。

「うむ、酒もなかなかいいですな。伊丹《いたみ》の酒と見ましたが」

十四郎は盃《さかずき》に口をつけ、目を細めた。

並べられている料理は、近所の小料理屋から取り寄せたものだった。

屈託なく酒を飲み料理を食べる十四郎に、かたわらで藤田角之助が眉をひそめていた。十四郎の遠慮のない飲みっぷりや食べっぷりが、武士にふさわしくないと思っているのであろう。

その角之助は、姓を名乗って武士のかっこうをしているものの、牟礼《むれ》村（東京都三鷹市）の貧農の出である。なまじ農民出身だけに、必要以上に武士として肩肘張ってしまうのかもしれなかった。

十四郎も角之助の出自は知っていたが、もちろん揶揄《やゆ》するつもりはない。

同じくうまそうに酒を飲んでいた石井又左衛門が、

「そうそう、これをお渡ししておかねばな」

後ろを向くと、小筋文様の麦藁《むぎわら》細工の小箱から小さな紙包みを取り出し、十四郎の前に置いた。

「先日の、井出広太郎という猪《いのしし》武者《むしゃ》を撃退した謝礼です。二分《ぶ》入っております。些少《さしょう》ではありますが」

「これは助かります。じつはこのところ、窮乏の一途をたどっておりまして。このような馳走《ちそう》にあずかるばかりか、二分もいただけるとは、道場破りさまさまですな」

「あの男を退散させるには、少なくとも一両は必要だったでしょうな。わしとしても出費は半分ですんだわけだし、石井道場の実力を見物人に印象づけることもできた。百姓町人の入門者がまた増えるでありましょうな」

石井はあっけらかんと言ったが、けっしてすべてが計算ずくではない。相手が金を受けとりやすくする配慮でもあった。

「では、遠慮なく」

十四郎は紙包みを軽く押しいただいたあと、懐《ふところ》にねじ込んだ。

そんな十四郎を横目で見ている角之助の眉間のしわが、ますます深くなった。金で報酬を受け取るということ自体、武士の倫理に反すると思っているのであろう。師の気配りなどは思いもおよばないらしい。

角之助は精一杯の皮肉のつもりなのか、

「阿郷さんは清《しん》の康熙帝《こうきてい》の末裔《まつえい》とか聞きましたが、本当ですか」

十四郎が顔を曇らせ、

「まだそんなことを言っている連中がいるのか。うわさは根強いものだな」

石井はそんな十四郎を見つめていたが、

「本人の口からは言いにくかろう。わしが説明しよう」

盃を差し出しながら言った。

角之助が徳利を持ち上げ、酌をした。

「しかし、いまさら」

十四郎が婉曲に抗議した。

「いいではないですか。こういうことは、ちゃんと説明しておいたほうがよい。そうしないと、かえって妙に捏造《ねつぞう》されることもありますからな」

石井がおだやかに諭《さと》した。

十四郎は黙って下を向いている。

それを無言の承諾と見たのか、石井が話し始めた。

「清の第四代皇帝である康熙帝は、唐土《もろこし》でも史上屈指の名君と言われておる」

石井は口に酒を含んだ。

十四郎は料理に向かい、黙々と箸《はし》を動かしている。

「だがさしもの英明な康熙帝も晩年、後継者に悩んだ。男子が多すぎたのだ。

系図にのっているだけで、三十五人いる。女子も入れれば、子供の数は倍増しよう。もちろん、ほとんどは側室から生まれたのだがな」

石井は漢学に造詣《ぞうけい》が深く、漢籍の蔵書もかなりある。しかも、記憶力はずば抜けており、博覧強記といってよかった。

「康熙帝は初め、皇后とのあいだに生まれた二阿哥《にあご》を皇太子に指名していた。阿哥とは、満州語で貴公子の意味だ。生まれた順に、番号を付けて二阿哥、三阿哥などと呼ばれる」

清朝は、もともとは満州（中国東北部）に住んでいた満州（女真《じょしん》）族が明《みん》を滅ぼして打ち建てた王朝である。その後、急速に漢民族化が進んでいくとはいえ、康熙帝の時代にはまだ満州族の習慣も残り、満州語も使用されていた。

「ところが、皇太子である二阿哥の言動には常軌を逸《いっ》したところが多かった。これに不安を覚えた康熙帝は、驕傲不遜《きょうごうふそん》の言動が多いとして皇太子を廃位とした。しかし康熙帝は、二阿哥に代わる皇太子をなかなか決めかねた。このため、皇太子は空位のままとなった。そこで起こるのが、お定まりのお家騒動だ」

多数の阿哥が、皇太子の指名を得ようとして裏で画策を始めたのである。そして、各阿哥にはそれぞれ応援団がつく。

自分が応援する阿哥が皇太子になり、さらに将来皇帝になれば、もう立身出世は間違いなしである。

だれもが自分が支持する阿哥を皇太子にしようと、水面下で暗躍を始めた。すさまじい謀略戦が繰り広げられた。

「そんななか、康熙五十七年（一七一八）、わが国の享保《きょうほう》三年にあたるが、康熙帝は十四阿哥を大将軍に任命し、西方の討伐を命じた」

このころ、西方の青海《せいかい》（青海省）と西蔵《せいぞう》（チベット自治区）を異民族が蹂躙《じゅうりん》し、跋扈《ばっこ》し、風雲急を告げていたのだ。

「大将軍に任じられた十四阿哥はこのとき三十一歳。康熙帝は、十四阿哥の風貌が自分に最も似ているといって、日ごろから信頼し、またかわいがっていたという。この十四阿哥の大将軍任命を、多くの人は皇太子に立つ前段階と受け取った。西方征伐で手柄を立てて凱旋《がいせん》すれば、康熙帝も十四阿哥を晴れて皇太子に立てることができ、まただれも文句のつけようがない。また十四阿哥は『賢明英毅《えいき》』と評されていた。これらの点から考えても、多数の阿哥のなかでもまず十四阿哥が皇太子の最有力候補だった」

康熙五十九年、十四阿哥の率いる清軍は青海を平定し、続いて西蔵に入った。十四阿哥の前途は洋々たるものに見えた。

ところが、康熙六十一年十一月、康熙帝が六十九歳で死去した。臨終の床で、康熙帝は後継者として、四十五歳の四阿哥を指名した。これが、第五代皇帝の雍正帝《ようせいてい》である。

「しかし、雍正帝の即位にはさまざまな奇怪なうわさがささやかれた。雍正帝の即位はけっして康熙帝の意向ではなく、裏に陰謀があったというものだ。こういう風評もある」

康熙帝は、十四阿哥に皇位を譲るという意味で、

「朕十四皇子即纘承大統」

と紙に書いた。

ところが、この遺詔《いしょう》をひそかに盗み出した四阿哥は、「十」の字に書き足して「第」とし、

「朕第四皇子即纘承大統」

と改変した。

「つまり、本来は『十四皇子(十四阿哥)に譲る』と書かれていた遺詔を、『第四皇子(四阿哥)に譲る』という意味に変えてしまったわけだ。そのほか、『十』を『于』に書き換え、本来の『十四阿哥に譲る』という内容を、『四阿哥に(于)譲る』と読ませたという説もある。さらには、康熙帝は臨終の際、大臣を身近に呼び寄せ、その手のひらに筆で十四と書いて自分の意思を示した。

ところが、すでに四阿哥に買収されていた大臣は、その十を指で隠し、四だけを見せて四阿哥を即位させたとか、十の字を大臣が舌でなめて消してしまったという風評もある」

ともかく、次の皇帝に即位したのは、最も有望視されていた十四阿哥ではなく、意外な四阿哥だった。

「四阿哥は即位して雍正帝となるや、兄弟たちにすさまじい粛清を開始した。雍正帝もまれにみる名君ではあったが、『性猜刻《さいこく》』とも評されているくらいで、性格は猜疑心が強く酷薄だったらしい。八阿哥と九阿哥は独房に監禁され、それぞれ病死した。病死となっているのはあくまで表向きで、実際はどうであったか」

聞き入っている角之助は、緊張で体を固くしていた。

いっぽう十四郎は黙々と食べ、黙々と飲んでいる。

石井は淡々と語り続けた。

「雍正帝は、遠征中の十四阿哥を都の北京に召還した。雍正元年（一七二三）四月、青海平定の功績を掲《かか》げ、十四阿哥は意気揚々として北京に帰還した。十四阿哥は宮中での対面でも、あくまで兄弟としての礼儀で雍正帝に対するつもりだった。ところが、雍正帝は臣下としての礼儀を求めた」

十四阿哥が頭を地につけて拝伏する叩頭礼《こうとうれい》をおこなわないのを見て、雍正帝の側近が走りより、十四阿哥を腕ずくで押さえ込み、頭を地面にすりつけさせた。

十四阿哥は真っ赤になって興奮し、

「これが凱旋将軍を迎える礼式か」

と怒鳴った。

雍正帝も、

「それが皇帝に謁見《えっけん》する礼儀か」

と怒鳴り返す。

「もう、骨肉の争いだな。骨肉の争いほど醜いものはない。雍正帝は十四阿哥について、『無知狂悖《きょうはい》、気傲心高《きごうしんこう》』と評している。雍正帝の十四阿哥に対する憎悪がいかにすさまじかったかがわかろう。ついに雍正帝の命により、十四阿哥は北京の郊外に幽閉されてしまった。十四阿哥が幽閉を解かれたのは、雍正十三年（一七三五）八月に雍正帝が死去し、第六代皇帝に乾隆《けんりゅう》帝が即位してからだった。乾隆帝により、十四阿哥はやっと自由の身とされたのだ。十四阿哥はすでに四十八歳になっていた」

皇族に復帰した十四阿哥は、乾隆二十年（一七五五）、六十八歳で死去した。

「ところが、実際はそうではなかった」

そのとき、女中が行灯《あんどん》に火を灯《とも》しにきた。

すでに日が暮れていた。中田家の庭も、木々が黒い陰となっている。

「障子も閉めてくれ。少し冷えてきた」

*

「では、どうなったのですか」

藤田角之助が身を乗り出し、続きを催促した。はじめは皮肉のつもりだったものが、その後の話の展開に、ほとんど胸をわくわくさせているらしい。

阿郷十四郎は、相変わらず無表情である。

石井又左衛門がおもむろに話を再開した。

「十四阿哥はひそかに幽閉先を脱出し、数名の剣士に守られ、日本に渡っていたのだ。乾隆帝により幽閉を解かれ、乾隆二十年に死んだ十四阿哥は、じつは替え玉だったというわけだ」

「まさか」

「まさかではない。その生きた証拠が、そなたの目の前にいる阿郷十四郎殿というわけだ」

角之助はぽかんと口を開けて十四郎を見つめていた。

「享保十六年（一七三一）十二月、清では雍正九年だが、画家の沈南蘋《しんなんぴん》が長崎に来航した。沈南蘋は享保十八年九月に清に帰国するが、長崎に滞在中にわが国の画壇に大きな影響をあたえた」

沈南蘋の来航により、長崎、京都・大坂、江戸に南蘋風写生花鳥画が伝えられ、いわゆる長崎派写生花鳥画とよばれる写実的花鳥画ができあがった。

「この沈南蘋が乗ってきた船に、十四阿哥もひそかに乗り込んでいたらしい」

高名な画家がいれば、人々の注意をそちらに向けさせることができる。沈南蘋と同じ船に乗り込んだのは、巧妙な隠蔽《いんぺい》工作といえよう。

「長崎にひそかに上陸した当時四十四歳の十四阿哥を庇護したのが、尾張《おわり》藩主の徳川宗春《むねはる》様だ。かつて、日本に来航した明の遺臣の朱舜水《しゆしゆんすい》を、水戸《みと》藩が賓《ひん》客《きやく》として遇した例がある。同じく御三家の尾張藩として、水戸藩の先例にならったのかもしれぬ。もうひとつは、有徳院《ゆうとくいん》（将軍吉宗《よしむね》）様に対する対抗心であろうな。宗春様は十四阿哥を名古屋に呼び寄せ、手厚く遇した。宗春様は、『いずれ十四阿哥を清国の皇帝に即位させる。そのときは、余も軍を率いて清に押し渡る』

と豪語していたそうだ。そのはしゃぎぶりを伝え聞いた有徳院様は、苦々しいかぎりであったに違いない」

吉宗は享保元年（一七一六）に第八代将軍となるや、幕府財政の建て直しや綱紀粛正に取り組んだ。いわゆる享保の改革である。

吉宗はなによりも質素倹約を重んじたが、これに真っ向から対立したのが宗春だった。

宗春は尾張藩において、まるで吉宗の神経を逆撫《さかな》でするかのような政策をとった。従来以上に祭を盛大にし、芝居興行を認め、遊郭までつくった。

また宗春自身も、人々の度肝《どぎも》を抜くような突飛で華美な服装をし、公然と芝居を見物したりして派手に遊興を楽しんだ。

たしかに、宗春の自由放任政策により、名古屋の町は一時的に大いに繁栄して、経済的にも活況を呈した。だが、最終的には尾張藩は巨額の財政赤字を背負い込んでしまう。

「ことごとく自分に逆らい反発するやりかたに怒った有徳院様は、ついに元文《げんぶん》四年(一七三九)、宗春様に蟄居謹慎《ちっきょきんしん》を命じ、退隠に追い込んだ。こうして宗春様が尾張藩主の座から追われることになり、頭の痛い問題が生じた。宗春様の庇護を受けていた十四阿哥の存在は、尾張藩にとってなんとも厄介《やっかい》になってきたのだ」

すでにそのころには、十四阿哥は日本人の妻《めと》を娶り、子供もできていた。十四阿哥とその子供に対して、どういう処遇をすべきか。

十四阿哥が日本に亡命していることが清に知れ、清から抗議が来ることを尾張藩ではなによりも恐れた。外交問題に発展しては、幕府から譴責《けんせき》を受けることにもなろう。

尾張藩は十四阿哥の存在をひた隠しに隠し、また日本人名をあたえて日本人として生活させた。

「その姓名が、十四阿哥にちなみ、阿郷十四郎というわけだ」

「ははあ、すると阿郷十四郎さんは十四阿哥ということですか」

角之助がとんちんかんな質問をした。

石井が顔をしかめて、

「それだと、阿郷殿は百五十歳を越えていることになるぞ。代々、阿郷十四郎を名乗っているわけだ」

そして十四郎に向かい、

「貴殿で何代目ですかな」

十四郎がいかにも不承不承という口調で、

「拙者は十四阿哥の玄孫《げんそん》にあたります」

石井が角之助に解説して、

「玄孫とは、やしゃごとも言うが、曾孫《ひまご》の子だ」

「ははあ、すると」

角之助は頭のなかで何代目にあたるか計算していたが、まだぴんとこないようだった。

石井が続けて、

「十四阿哥の玄孫だと、康熙帝から数えて六代目ということになりますな」

「そうなりますかな」

十四郎はまるでひとごとのように言った。

そんな十四郎を、角之助がいかにも見直したという顔で、

「六代目であれ、康熙帝の子孫には間違いありません」

「とはいえ、拙者はこのていたらくだ。係累もすべて死に絶えた。どうせ阿郷家は拙者の代で絶える」

「十四阿哥はどうなったのですか」

十四郎もここにいたっては、不本意ながらしゃべらざるをえなくなったようだった。

「十四阿哥は名古屋の地で死んだ。十四阿哥の孫、つまり拙者の祖父にあたる阿郷十四郎の代になり江戸に出てきた。体《てい》よく、尾張藩から厄介払いされたのだろうがな。天明《てんめい》年間（一七八一〜八九）のことと聞いている」

「そして、中田家で召し抱えられたわけですか」

「いろいろといきさつがあったようだが、先代の中田の殿様に食客《しょっかく》として遇され、要するに居候だがな、今にいたっているわけだ。拙者は祖父以来三代目の、由緒正しい居候ということになる。尾張藩の居候だった十四阿哥から数えれば、拙者は筋金入りの五代目の居候だ」

「なるほど、由緒正しい、筋金入りの居候ですか」

角之助が、十四郎の露悪的な言辞に妙な感心をしていた。

「清の康熙帝の末裔云々《うんぬん》という話は、もうこのへんでよかろう」

石井は表情を改め、十四郎に向かうと、

「じつは、貴殿に相談があってな」

「はい、覚悟はしておりました」

十四郎も居ずまいを正した。

「わしが、わけもなく酒と料理を振る舞うわけはないと思いましたかな」

石井がおかしそうに言い、十四郎も苦笑していた。

＊

「剣術道場のほかに、もうひとつ別な商売を考えておりましてな」

石井又左衛門はてらいもけれん味もなく、商売ということばを平気で口にした。

石井は武士ではあるが、石井道場の経営方針からもわかるように、商売をやることになんの引け目も感じてはいなかった。

「貴殿もご承知のように、石井道場の門人には町人や百姓が多い。時々、連中から相談を持ちかけられることがありましてな。話を聞くにつれ、世の中にいかに武士に泣かされている百姓町人が多いかがわかりました。武士という身分をかさに着た横暴や非道は、目に余るものがあります。武士であるわしでさえ義憤を覚えることがしばしばです。しかし、連中にとって、奉行所に訴えてもまず埒《らち》が明きません。泣き寝入りするしかないというわけです。こんな理不尽がまかり通っています」

十四郎は黙ってうなずいた。

直参である旗本や御家人などに対して、町奉行所は警察権を行使できなかったのだ。

「そこで、武士のからんだよろずもめ事の解決を商売にしようというわけです」

「それが商売になりますか」

「そこは、わしに任せなさい。たとえば、商人が不良御家人に十両を騙《かた》り取られたとします。商人は十両を取り戻したいが、手段がない。そこで、われらの出番となるわけですな」

すでに石井は、十四郎が加わることを前提として話していた。

「われらは手練手管を弄《ろう》して、場合によっては腕ずくで、不良御家人から金を取り戻す。そして、取り戻した金額の半分を、われらは謝礼として受け取る。われらは謝礼をさらに折半する。どうですか、なかなかうまい仕組みでありましょう」

「たしかに、十両を全額取り戻せば、商人は五両を回収し、先生と拙者が二両二分ずつ。商人にしてみればあきらめるしかなかったものが五両も戻り、先生と拙者も二両二分は悪くありません。しかし、その不良御家人がすでに九両二分を使い果たしており、二分しか取り戻せなかったときはどうなりますか」

「なかなか鋭い指摘ですな。あくまで半分だから、商人には一分、わしと貴殿は二朱《しゅ》ずつということになりますな。さらに、不良御家人がすでにすっからかんで、一文《もん》も回収できぬ場合もありうる。そのときは、骨折り損のくたびれもうけ、わしも貴殿も、いさぎよくあきらめるしかない」

石井はあっさりと言ってのけた。

十四郎がニヤリとした。

徒労になるかもしれぬという石井の率直さに、むしろ気乗りがしてきたのだ。

「なるほど、面白いですな」

「それに、少なくとも人助けになる仕事ですぞ。貴殿にしてみても、退屈しのぎにはなりましょう」

石井はいたずらっぽい目つきをした。

十四郎はしばらく考えていたが、

「百姓町人の言い分が必ずしも妥当ではない場合もあり得る気がしますが」

「それも鋭い指摘ですな。もちろん、百姓町人が自分の都合がいいように言いつのっているだけで、武士のほうに一方的に非があるとは言えない場合も多々あろう。しかし、そのへんはわしのほうで下調べをして、これは間違いないと思われるものについてのみ引き受けます。私怨私恨は門前払いですな。まあ、そのへんはわしに任せておきなさい」

「もうひとつ、拙者が他家の武士と悶着《もんちゃく》を起こした場合、中田家が逆捩《さかね》じを喰いますまいか。拙者も居候の手前、中田家に難が及んでは心苦しいのですが」

「もっともな心配ですな。しかし、案ずるには及びません。すでにわしは対策も考えておりまして。このあたりが、わしのすごいところでしてな」

石井がおどけて自画自賛した。

「いざというときに役に立つのが、康熙帝の末裔という貴殿の血統です。たとえ旗本・御家人や諸藩が難癖をつけてきても、

『無礼者。このかたを何と心得ておるか。恐れ多くも、大清国の皇帝、康熙帝の末裔であらせられるぞ。公方《くぼう》（将軍）様や尾張様に対し奉《たてまつ》り、不敬《ふけい》であろう』

と頭ごなしに怒鳴りつけ、煙《けむ》に巻いてやればいい。因循姑息《いんじゅんこそく》な連中ばかりです、百姓町人に対しては威張っているものの、清国や将軍家、尾張藩が出てくれば目を白黒させ、尻尾《しっぽ》を巻いてこそこそと引き下がるでしょうよ」

石井は自信満々だった。

ほかに質問も思い浮かばないため、十四郎は黙っている。

それを承諾のしるしと見たのか、石井が言った。

「では、さっそくながら初仕事の打ち合わせをしましょう」

「えっ」

十四郎もさすがに驚き、目を丸くした。

石井はすでに初仕事を引き受けていたのだった。

十四郎が呆気《あっけ》にとられているのを尻目に、石井はてきぱきと話を進めていく。

「場所は内藤新宿です。もっぱら貴殿に動いてもらうことになりますが、内藤新宿まで何度も行き来するとなれば、それなりに経費もかかるでしょう。だが当面は、さきほどお渡しした二分で間に合うと思いますが」

十四郎もついに笑い出した。

石井はちゃんと計算していたのだ。

（三）

茶店の、赤い毛氈《もうせん》を敷いた床几《しょうぎ》に座ったいわゆる看板娘を、半纏《はんてん》姿の職人風の男ふたりがからかっていた。

「姉さんどうだ、情男《いろ》はできたか」

「ここの姉様の器量は、この街道で一番だということだが、違いねえぜ」

若い娘とはいえ、宿場の茶店の茶汲み女である、男たちのあしらいには慣れていた。すました顔をして、

「お客様がたはどなたもどなたも、そうおっしゃいますよ」

娘は島田髷《しまだまげ》で、味噌こし格子《ごうし》の小袖を着て、水色のぼかしに桜の花を散らし

た前垂れをしていた。

「おめえには、とてもかなわねえや」

男たちは笑いながら、四谷大木戸《おおきど》の方向に向かった。

内藤新宿は四谷大木戸をやや過ぎたあたりから追分《おいわけ》まで、ほぼ東西に九町《ちょう》十間《けん》（約一〇〇〇メートル）余りにわたって延びる細長い町並みである。

内藤新宿は日本橋を出発点とする甲州街道の最初の宿場であるが、宿場の西のはずれである追分で、甲州街道から青梅《おうめ》街道が分岐していた。

甲州街道の道幅は他の主要街道と同じく五間（約九メートル）に定められていたが、内藤新宿では五間半（約一〇メートル）に広まっており、この五間半の甲州街道をはさんで、両側に間口《まぐち》二間から三間ほど、奥行五間ほどの民家がびっしりと軒を連ねている。さらにその裏側にも、屋敷や長屋が建ち並んでいた。

「なんとなく、馬糞《まぐそ》臭いな」

阿郷十四郎は歩きながらつぶやいた。

内藤新宿には馬が多いためであろう、気のせいか、ただよう空気まで馬糞の臭いをたっぷり含んでいるかのようだった。

十四郎の前を、轡《くつわ》をチャランチャランと鳴らしながら、背に荷物を積んだ二頭の馬が行く。手綱《たづな》を引く馬方《うまかた》は、前と後ろに並んでいるため、その話し声も大きい。だが、かなり訛《なま》りが強く、十四郎には内容はほとんど聞き取れなかった。

甲州街道と青梅街道は馬の背による物資輸送が盛んだった。とくに奥多摩《おくたま》と秩父《ちちぶ》の石灰や織物の輸送が大きい。

大消費地江戸の西に位置する宿場として、内藤新宿はこれら馬による物資輸送の中継点でもあった。

馬を曳《ひ》いた馬方たちの前方を行く数人連れの男たちは、菅笠《すげがさ》に草鞋《わらじ》ばきだった。寺社の参詣《さんけい》が名目であろうが、本当の目的は内藤新宿での女郎買いであろう。

東海道や中山道《なかせんどう》に比べ、甲州街道では参勤交代の大名は少ない。信濃《しなの》（長野県）の高遠《たかとお》藩（高遠町）内藤《ないとう》家、高島《たかしま》藩（諏訪《すわ》市）諏訪家、飯田《いいだ》藩（飯田市）堀《ほり》家の三家のみである。

そのため、内藤新宿では大名行列が宿泊したり休息したりという繁忙さはあまりないが、江戸時代後半になると甲州街道や青梅街道は庶民の道としての利用が広まった。

物見遊山《ゆさん》を兼ねた寺社参詣が盛んになり、甲州街道を通って富士山や身延《みのぶ》山《さん》、青梅街道を通って堀《ほり》の内《うち》（東京都杉並区）の妙法寺《みょうほうじ》に参詣する人々が増えたのである。

これらの旅人を目当てにした茶屋や旅籠《はたご》屋、さらには飯盛《めしもり》旅籠屋と呼ばれる女郎屋の繁盛が内藤新宿を支えていた。

道の両側にある茶屋から、女中の呼び込みの声がひっきりなしにかかる。

すれ違った四ツ手駕籠《よつでかご》には、赤ん坊を抱いた丸髷《まるまげ》の女がのっていた。

女郎屋の店先では、番頭が客を送り出しながら、

「ごきげんよう。またお近いうちに」

と、あいさつしていた。

ふたり連れの客は、ひとりはにこやかに、

「お世話、お世話」

と答えていたが、もうひとりは、面白くなかったのであろう、

「ふん、いまいましい」

と小声で毒づいていた。

宿場の雑踏は十四郎にとっても久しぶりである。彼はなんとなく浮かれた気分になり、

〽四谷新宿馬糞のなかに、あやめ咲くとはしほらしや
と低く口ずさんでみた。

〽潮来節《いたこぶし》の、

潮来出島《でじま》のまこもの中で、あやめ咲くとはしほらしや

をもじった替え歌で、馬糞のなかに咲くあやめとは、内藤新宿の遊女をさしている。

十四郎が歩く右手前方に、樹木が鬱蒼《うっそう》と茂る広大な寺院が見えてきた。太宗《たいそう》寺《じ》である。

太宗寺は内藤新宿のなかほど、甲州街道の北側に位置している。

十四郎がめざす場所は、もうすぐ近くのはずだった。

*

その料理屋は、太宗寺門前を過ぎた、甲州街道の左側にあった。

間口三間《けん》の平入《ひらいり》の二階建てで、屋根は瓦葺《かわらぶき》である。街道側に三尺ほどの庇《ひさし》

を出していて、開け放たれた入口には長暖簾《ながのれん》がかけられ、そこには紺地《こんじ》に白く丸に伊と染め抜かれていた。

また屋根看板には、

いとうや
即　御茶漬
　　御料理
席　御仕出シ
　　伊藤屋八郎兵衛《はちろべえ》

と書かれている。

阿郷十四郎は立ち止まってもういちど屋号を確認したあと、長暖簾をかき分けてなかに入った。

土間に立つと、さっそく声がかかった。

「おいでなさりませ」

「拙者は、四谷西念寺横丁の石井道場から参った」

応対に出てきた番頭は、すでに心得ているのか、

「へえへえ、阿郷十四郎様でございますね」

「うむ。ご亭主にちと話があるのだが」

「へえ、うけたまわっております。こちらへどうぞ」

番頭は奥の座敷に案内した。

土間の左手が帳場になっている。

土間を上がると、すぐ二階座敷に上がる階段があるが、階段の横に奥に向かう廊下があり、座敷に通じている。

その座敷は、狭いながらも平書院《ひらしょいん》だった。しかし、すぐ裏手に長屋が建っているためか、あまり風通しはよくない。

武士という身分から、十四郎が床違《とこちが》い棚《だな》を背にして座った。

向かい合って座ったのは、伊藤屋の主人の八郎兵衛である。目立つ白髪や目のふちの皺《しわ》からすると、かなり老けているようにも見えるのだが、鼻筋の通った顔立ちは若々しく、年齢がつかみかねる風貌をしていた。

「石井道場のことは、かねがねうかがっております。あたくしどもの親類の者が剣術に夢中でして、石井道場の門人になっておりましてね」

「さようであったか」

「そのような御縁で、今回のお願いとなったわけでして。阿郷様のおうわさも、うかがっておりますですよ。ともかく、石井道場に強請《ゆすり》たかりがくれば、阿郷様がすべて撃退してしまうのだそうで、とにかくお強いかたとお聞きしておりました」

「そのわりには、身なりがみすぼらしいので、がっかりしたろう」

十四郎は黒羽二重《くろはぶたえ》に羽織袴といういでたちだったが、それぞれがかなり古びている。黒羽二重の小袖にいたっては、ところどころほころびていた。

「いえ、とんでもない。やはりお武家様ともなると、はあ、やはりなんですな」

縞《しま》の対《つい》の小袖と羽織を着た八郎兵衛は、額《ひたい》に汗をかいていた。

十四郎は屈託なく笑うと、

「無理をせんでいい。石井先生からいちおうの話はうかがっておるが、お手前からもう一度詳しく聞きたい。最初から説明してもらえるかの」

「はい。あたくしどもは、長年この地で料理屋稼業を営《いとな》んでおりまして。商売は信用が第一。あたくしどもは、人様に後ろ指をさされるような商いはいっさいしたことはございませんし、そのことは、内藤新宿のだれにおたずねになってもよろしゅうございます」

「伊藤屋が手堅い商いをしてきたことは、拙者も聞いておる」

「あたくしどもではまじめにやっておるのですが、時には、たちの悪い客がいます。ただ食いやら、仕出し料理を取りながら金を払わないなど。こればかりは、しようがありませんな。こういう商売は因果なもので、年に何回かはそういう悪質な手合いに行き当たります。まあ、災難のようなものです。多くの場合、次からはお断わりということで、その場はあきらめるしかないのですが。しかし、今回ばかりは、あたくしもほとほと弱り果てたといいますか、はらわたが煮えくり返るといいますか。とてもあきらめる気にはなれませんで、石井先生にお願いしたしだいでして」

長い前置きのあと、八郎兵衛が顚末《てんまつ》を話し始めた。

＊

伊藤屋を訪ねてきた武士は、西田良右衛門《にしだりょうえもん》と名乗った。

なかなか恰幅がよく、顔は大きな口が印象的だった。口が大きいだけでなく、声もよく通り、弁舌さわやかである。

西田は、

「拙宅にたったいま、大一座《おおいちざ》の客が来てな。六、七人もの客人となれば、とても拙宅の奉公人では間に合わぬ。値《あたい》は三両ばかりの飲食を用意して、すぐに届けてくれぬか」

と言い、届け先を説明した。

内藤新宿では、甲州街道をはさんで南北両側に町屋が建ち並んでいるが、北側の裏手には百人組与力大縄地《おおなわち》があり、御家人の屋敷地になっている。西田の屋敷も、そのうちの一軒だった。

伊藤屋にとって西田は初めての客だったが、相手がれっきとした幕臣であり、また住所もはっきりしていることから、疑いはまったく抱かなかった。

さらに、西田はこうも言った。

「初めての客で、しかも三両もの注文となれば、お手前でも不安であろう。そのため、奉公人を使いに立てるのではなく、拙者が自ら足を運んで参った。ともかく突然のことで、われらでも用意がないため、あわてておってな。そういうわけで、よろしく頼む」

西田の率直なことばに、伊藤屋はむしろ恐縮した。

主人の八郎兵衛は西田の窮状を察し、

「承知いたしました、さっそく大急ぎで用意させていただきます」

さらに気をきかせて、

「お代のほうは、きょうでなくともけっこうでございますから。後日、うつわを取りにうかがったときにでも」

とまで言った。

西田は晴れ晴れとした顔になり、

「そうか、すまぬな。われらにとっては大事な客でな。品々はなんであれ、形の大きな魚を第一としてくれ。塗平《ぬりひら》のうつわは、大きいほどよい。皿であれ台であれ、できるだけ大きく盛りつけてくれ」

と細々とした指示まであたえた。

この細かい指示も、西田がいかにも仕出し料理に慣れていることをうかがわせ、伊藤屋の彼に対する信用を深めさせた。

西田が帰ったあと、伊藤屋ではさっそく料理に取りかかった。

ともかく急がねばならないため、板前も女中もほとんど総出である。

予算は三両である。料理はもちろん、うつわも最高のものを用意した。

藍染付《あいそめつけ》の大皿には、鯛の浜焼きを頭《かしら》と尾が外にはみ出るようにのせ、また鯛のかたわらには色々の取り合わせを盛りつけた。

同じくらいの大きさの平らな皿には、数種の魚の刺身を敷き並べ、彩《いろど》りとして緑色や赤色の野菜と海草を添えた。

沈金《ちんきん》に朱漆《しゅうるし》の大平《おおひら》のうつわには、魚や鳥の肉を揚げたものに葛《くず》のたまりを薄くかけ、その上にすりおろした山葵《わさび》をのせた。

黒漆に金粉で風景画を描いた縁《ふち》の高いうつわには、魚肉、鶏卵、木の実、草の根など五色をそろえ、それらを山や川などに見立てて盛りつけた。

そのほかにも、膾《なます》や煮物、吸物などがつく。

できあがった料理を伊藤屋の手代と丁稚がふたりがかりで届けたところ、顔を出した西田は、

「ほう、わずか三両ばかりでこれだけの品々がそろうとはな。思っていた以上に豪華だ。うむ、ご苦労」

と言い、大満足の様子で受け取った。

そのとき、伊藤屋の手代は、家のなかからにぎやかな話し声がするのでお客が来ているのはたしかだとしても、女中や下男などまったく奉公人の姿が見えないのを不思議に思った。

しかも、仕出し料理を受け取りに西田が自ら勝手口に出てきたのである。いくら微禄の御家人とはいえ、武家屋敷では考えられない不自然さだった。

手代は、かすかな疑念を抱いた。

だが、主人がすでに代金はあとでかまわないと言っている以上、自分の一存で料理は代金と引き換えにするわけにはいかない。

手代は芽生えた疑念を無理に押し殺しつつ、伊藤屋に戻った。

翌日、手代はうつわと代金を受け取りに行った。

だが西田は打って変わった不機嫌さで、

「まだ料理が残っておってな、うつわ物が空《あ》いておらぬ。しばらくあとで来てくれ」

と言って、手代を追い返した。

その日の夕方、手代がふたたび訪ねた。

西田は平然として、

「いや、じつにうまい料理だったので、客も喜んでな。家人にも賞味させたいと言って、残りをうつわごと持っていったのだ。そのため、うつわは今はここにはない。客人が返却してくるまで待ってくれ」

手代はむっとなったが、感情を抑《おさ》えつつ、

「あたくしどもでも、あのうつわは日ごろよく使うため、すぐにでもお返しいただきたいのです。もしよろしければ、あたくしがお客様のところまで取りにうかがいますので、お屋敷をお教えくださいますか」

西田は薄笑いを浮かべ、

「ほう、そうか。貴様は感心なやつだのう。ではこれから教えてつかわすから、取りに行け。ひとりは深川《ふかがわ》だ。ひとりは本所《ほんじょ》だ。もうひとりは下谷《したや》で、もうひとりは八丁堀《はっちょうぼり》、もうひとりは……」

とても今から回れる場所ではない。手代は怒りで顔を赤く染めながらも、あくまでていねいに、

「それだけ離れておりますと、いたしかたございません。お客様からうつわが戻りましたら、できるだけ早急にご連絡いただきたいのですが」

手代はくれぐれも念を押し、その場は帰った。

だが、二、三日たっても西田からはなんの音沙汰もない。

業《ごう》を煮やした伊藤屋では、奉公人が入れ替わり立ち替わり催促に行ったが、そのたびに西田は、

「明日あたりには戻ってくるであろう。うつわを返すおりに、代金の三両も支払うからな。まあ、明日まで待て」

と、のらりくらりと言い逃れをする。

若い手代のひとりがつい声を荒げたところ、西田はさっと顔色を変え、

「貴様、拙者がただ食いをしたとでも申すのか。拙者は必ずうつわも返すし、金も払うと言っているではないか。素《す》町人の分際で、直参の武士を侮辱する気か。このままではすまさんぞ」

腰の刀に手をかけ、斬り捨てんばかりの剣幕である。

「お武家様を侮辱するなど、けっしてそのような」

手代は平身低頭して非礼をわびた。

しかし、激昂《げっこう》した西田は手代を足蹴《あしげ》にして転倒させた。さらに、「どうかご勘弁を」とひたすら謝る手代を、なおもさんざんに殴りつけ、蹴りつけた。

手代は鼻血を流しながら店に戻った。その目には、悔し涙がにじんでいた。

いよいよこれは詐欺《さぎ》にあったに違いないということになり、伊藤屋では同業者などを通じて西田良右衛門について調べた。その結果、西田が札付きの不良御家人だということがわかったのである。方々で似たような詐欺や恐喝を繰り返していたのだ。

これまで伊藤屋が被害にあわなかったのは、近所であるため西田のほうで内藤新宿を避けていたためであろう。

八郎兵衛は青くなった。

もう、料理代の三両はいさぎよくあきらめるしかないであろう。だが、うつわは絶対に取り返さねばならなかった。

うつわを全部合わせると三両以上の値打ちがあることはもちろんだが、なかに、高島藩諏訪家からの拝領品があったのである。

八郎兵衛は古参の番頭らを集め、鳩首《きゅうしゅ》協議した。そして、料理代を放棄することを交換条件として相手にあたえることで、うつわをすみやかに取り戻すという方針が決まった。武士としての相手の面子《めんつ》をあくまで立てることで、事態をこれ以上紛糾させず、名を捨てて実を取ろうということだった。

古参の番頭が西田の屋敷に出向き、低姿勢で頼み込んだ。

「あたくしどもの若い者がたびたび押し掛けてお騒がせしたうえ、ご無礼なことを申し上げたとかで、まことに申し訳ございません。そのおわびと言ってはなんでございますが、料理のお代のほうはけっこうでございます」

西田は大げさに驚いた顔をして、

「ほう、料理の代金はいらぬと言うのか」

「はい。そのかわり、うつわのほうだけはお返し願えませんでしょうか」

「ふーん、代金はいらぬとは奇特なことを申すのう。拙者もこんな話は初めてだ。では後日のため、代金はいらぬ旨《むね》の念書を書け」

西田はどこまでも図々しかった。

番頭は屈辱に耐え、料理代金の三両は受け取らぬ旨の証文を書いた。

証文を受け取るや、西田の態度が豹変した。ニヤニヤ笑いながら、懐《ふところ》から質札を取り出したのである。

「あのうつわだがな、じつは質に入っておる。よんどころない事情により、どうしても金が必要になってな。二分で質に入れた。わずか二分だ。金ができしだい、必ずうつわは請《う》け出すから、それまで待て。質屋の倉にちゃんと保管してある。うつわは逃げも隠れもせんから、安心しろ。どうしても急ぐというのであれば、この質札を売ってやってもいい。そうだな、三両で買い取らぬか」

そして、呵々大笑《かかたいしょう》した。

番頭は呆然としてことばを失った。

＊

「――と、こういうわけでございまして」

八郎兵衛は苦渋に満ちた声で言った。話しながらも、怒りがこみ上げてくるのであろう、膝の上で握り締めた拳《こぶし》がわなわなとふるえていた。

阿郷十四郎も、途中からはさすがに顔をしかめて話を聞いていた。

「うーん、たちが悪いな」

「ともかく、海千山千の相手でして」

「すると、その西田良右衛門は仲間といっしょに、三両もの仕出し料理をただでさんざん食い散らしたあげく、うつわを質に入れて二分受け取り、さらに質札を三両で売りつけようとしていることになるわけですな」

「その通りです。あたくしも長年この稼業を続けておりますが、こんな悪辣《あくらつ》な騙《かたり》は初めてでございます。腹立たしいやら、悔しいやら。ただ食いでお上に訴えようにも、代金はいらぬ旨の証文まで書いてしまっていますから、あたくしどもは手も足も出ないというわけです」

「うつわを返さないということについては、どうですか」

「そのうち返すつもりだったなど、のらりくらりと言い逃れるでしょうな。ともかく、なまじ料理の代金よりは、うつわのほうがあたくしども料理屋にとってはよほど値打ちがあることに目を付けた、巧妙な騙ですな。うつわを取り戻したい一心でつい料金はいらぬ旨の証文を書いてしまった番頭も、責めるわけにはいきません」

八郎兵衛は番頭をかばった。

ともあれ、西田の口車にのせられて念書を書いたのは、まさに相手の術中にはまったのであり、痛恨事に違いなかった。

しかも、うつわは依然として取り戻せないのであるから、踏んだり蹴ったりである。

「うつわが質屋に入っているのは確かですか」

「内藤新宿にある伊勢《いせ》屋という質屋に入っています。あたくしどもで確かめました。伊勢屋にいきさつをたずねたところ、西田様が広布《ひろぬの》の風呂敷にうつわを包んで持ち込み、

『どうしても二分必要になった。これは先祖伝来の大切な品だが、この際やむを得ぬ。しばらく預けるから、二分貸してくれ』

と言ったそうで。伊勢屋でも、お武家様が先祖伝来の品という触れ込みで持ち込んだのですから、信用してしまったのでしょう。しかも、持ち込んだうつわに対して、借りる金額はわずかに二分です。お武家様が当座の金に窮して質屋を頼ってきたと思ったとしても、無理はありません」

「その伊勢屋から、お手前が直接請け出してはどうですか。そうすれば、二分に利子を足した金額でうつわは取り戻せましょう。西田がふっかけているのは

三両。それよりは安くあがりますぞ」

「じつはそれも考え、伊勢屋に交渉したのです。ところが、伊勢屋でも相手がたちの悪い侍とわかっただけに、おびえてしまいましてね。質札もなしに勝手にあたくしどもに品物を渡してしまっては、あとあとどんな因縁を付けられるかもわからないというわけです。ですから、質札を持ってこないかぎり、品物は渡せないの一点張りでして。まあ、伊勢屋の立場からすれば、そうでしょうな。あたくしどもも、伊勢屋を恨むわけにはいきません」

「いきさつはよくわかりました。で、お手前の望みは」

「うつわを全部取り戻すこと。ただし、後腐《あとくさ》れなしにです。あたくしどもはもちろん、伊勢屋にもとばっちりがおよばない形で、うつわを無事取り返していただきたいのです。伊勢屋に恨まれる結果になっては、あたくしも寝覚めが悪いものですから」

「うつわは取り戻すとして、肝心の西田はどうしますかな。このままでは、お手前でも腹が癒《い》えますまい」

「もちろん、はらわたが煮えくり返る気持ちですが、相手はお侍、あたくしどもは商人。あたくしどもは弱い立場です。一時的に溜飲を下げたのはいいものの、先々、その報復を受けるというのでは困ります。できれば、西田様が二度と伊藤屋には足を向けないようにしていただきたいのです。またそうでなければ、たとえうつわは取り返しても、心配で夜もおちおち寝ていられません」

「うむ、たしかにそうですな。西田良右衛門について、わかっているところを教えてくれませんか」

「年齢は三十五、六歳でしょうか。小普請組《こぶしん》で、無役です」

小普請組は、無役の幕臣で組織されている。無役であるから、つまり仕事はなにもない。ただし、世襲の俸禄は支給される。直参の武士という身分のもと、いわば一生飼い殺しの身といってよい。

しかし俸禄は支給されるといっても、徳川幕府成立時に先祖が得た俸禄である。二百年以上も昔に決まった給与が、まったく昇給がないまま今も支給されているることになる。

当然、俸禄だけで生活するのは困難である。

役職からの手当がない小普請組の旗本や御家人は、世襲の俸禄だけではとても生活できないため、せっせと内職に励むしかない。なかには、ほとんどならず者同様、商人などに難癖をつけては強請たかりで金を稼ぐ不逞の輩《やから》もいた。

「仕出し料理を取ったのは、小普請組の仲間内でちょっとした祝い事でもあり、西田様がいい顔をしたのでしょうな。うつわが立派なのに目を付け、ついでに金を稼ぐことも思いついたというわけでしょうが」

「屋敷には、ほかにどんな人間がいるのですか」

「妻子はいます。娘がふたりいるようですが。下男下女はとても雇えないのでしょうな。先代から住み着いている老夫婦が、諸々《もろもろ》の雑用をこなしているようです。ですから、とくに親兄弟などはいないようです」

「年老いた親がいなくてさいわいだ。しかし、西田にも妻子がいると思うと、ちと気持ちも鈍るが」

「あたくしにも妻子がおります」

そう言った八郎兵衛の目には、強い光があった。

「そうだな、西田の妻子のことはこの際、忘れることにしよう。さて、どうするかな。最もよい方法を考えねばならぬわけだが……。ま、それは拙者と石井先生の役目だ」

十四郎は手であごをなでていたが、

「して、謝礼はどうなるかの。石井先生からお聞き及びだと思うが、謝礼は取り戻した金額の半分ということになっておる。品物だと、そのへんが難しいように思うが」

「おっしゃる通りですな」

八郎兵衛はしばらく考えていたが、やにわに手を鳴らすと女中を呼び、算盤《そろばん》を持ってくるよう命じた。

女中が帳場から、八郎兵衛愛用の算盤を持ってきた。

八郎兵衛は算盤を膝の上に置き、

「こうしてはいかがでしょう。あたくしどもが西田様の言いなりになってうつわを取り戻そうとすれば、まず西田様から質札を買い取るのに三両かかります。さらに、伊勢屋からうつわを請け出すのに、二分に利息を加えた額を払わねばなりません」

八郎兵衛は算盤をはじき始めた。

「質屋の利息は一ケ月、百文につき二文半。昨今の銭相場は、金一両が銭六千五百文くらいでしょうな。四分が一両ですから……」

指先が算盤の玉をめまぐるしく上下させる。

計算が終わった。

八郎兵衛は商人の習慣なのか、算盤の玉がつくった数字を十四郎に見せて確

認を求めながら、

「利子は八十一文。つまり、伊勢屋から請け出すのに二分と八十一文かかることになります。ということは、うつわを取り戻すために総額で、三両二分と八十一文かかります。これをうつわの値段と考えてはいかがでしょう」

「さすが、あざやかなものだな。じゅうぶんに納得できる。もちろん、拙者に異存はない」

「ということは、半額は一両三分と四十文になります。もしうつわを無事に取り戻していただけたら、あたくしどもが謝礼として一両三分と四十文をお支払いいたすということにしてはいかがでしょう。これでお引き受けいただけるでしょうか」

「よし、それで引き受けよう。ついでに、計算してみてくれぬか。じつはその一両三分と四十文を、拙者と石井先生で折半することになる。お互いの取り分はどうなるかな」

「かしこまりました」

ふたたび八郎兵衛が算盤をはじいた。

「阿郷様と石井先生は、それぞれ三分二朱と二十文ずつになりますな」

二等分すると、拍子抜けするほどの金額にしかならない。十四郎は内心ではいささか落胆したが、ともかく初仕事である。最初から欲張っていては、信用も得られまい。

「よし、覚えておこう」

彼は威厳をもって答えた。

(四)

阿郷十四郎は昼食を勧められたが、それを固辞して伊藤屋を出た。

もちろん空腹を覚えていたし、また伊藤屋が出す料理に心が動かぬわけでもなかったのだが、依頼された事件が無銭飲食に端を発しているだけに、さすがに食事をたかるのははばかられた。さらに、自分で金を払うとなれば、料理屋の昼食がどれくらいの値段なのか、見当もつかなかったのだ。

伊藤屋を出ると、とたんに異臭が十四郎の鼻をついた。

肥桶《こえおけ》を背中に積んだ馬が、農民に曳かれて歩いていた。

江戸の西方は水運が発達していないため、江戸市中で汲み取った下肥《しもごえ》はもっぱら馬の背で、甲州街道や青梅街道を通って農村へ運ばれる。内藤新宿は下肥の陸上輸送の中継点でもあった。

筵《むしろ》でくるんだ大きな荷物を、人足がふたりがかりで肩にかついで運んでいく。人足は丈《たけ》の短い布子《ぬのこ》の着物を着て、素足に草鞋《わらじ》ばきだった。

十四郎は西田良右衛門の屋敷をそれとなく見ておくつもりだったが、その前にまず腹ごしらえをしておきたかった。

たまたま目についた蕎麦《そば》屋に入ることにした。茅葺《かやぶき》の平屋で、農家風のつくりだった。

そのとき、十四郎は背後に鋭い視線を感じた。

宿場の雑踏を何気ないふりで見回してみたが、とくに見知った顔はない。彼は気のせいかもしれぬと思い直し、蕎麦屋に入った。

壁の黄ばんだ紙に、

覚

一　そば　　　　　　　代拾六文
一　あんかけうどん　　代拾六文
一　天婦《てんぷ》ら　　　　　代三十二文
一　花まき　　　　　　代廿四文
一　志つぽく　　　　　代廿四文
一　玉子とじ　　　　　代三十二文
一　小田巻　　　　　　代三十六文
一　上酒一合　　　　　代四十文

と書かれている。
もちろん、十四郎は最も安い十六文の蕎麦を注文した。
いかにも道楽息子らしい、ぞろりとした絹物を着たふたり連れが、徳利をあいだに置いて話に興じていた。

「どこかへ上がろうか」

「どうも親父とお袋がうるさいんでね」

「堀の内に籠《こも》ったと言えばいい」

内藤新宿の女郎屋へ泊まる相談なのであろう。堀の内の日蓮宗妙法寺に泊まりがけで参籠するのは、内藤新宿で遊ぶ口実によく用いられていた。

「張御符《はりごふう》さへ持って帰れば、適当にごまかせるわな」

「そうかな」

妙法寺の加持祈禱《かじきとう》の御符《ごふ》は、家のなかの柱などに貼り付けるため、張御符と呼ばれていた。

「大見世《おおみせ》と小見世があるが、やはり遊ぶなら大見世だな」

「大見世には、どんなところがあるね」

「豊倉屋が代表だろうな。表間口十二間、奥行二十間で、女は十三人抱えている。その次が玉屋で、表間口九間三尺五寸、奥行十間四尺、女は十一人てとこだな」

「ずいぶん詳しいじゃねえか」

ふたりの話を聞くともなく聞きながら、十四郎が蕎麦に箸をつけようとしたとき、青洟《あおばな》を垂らした男の子がぬっと入ってきて、

「お侍さんは、阿郷十四郎さんかい」

その顔は、緊張でこわばっていた。

「うむ、そうだが」

「太宗寺の境内《けいだい》で待ってるってさ」

「だれに頼まれた」

男の子は首を横に振った。いくばくかの駄賃をもらって、伝言を頼まれたのであろう。

「侍か」

「うん」

「どんな顔だ」

男の子はふたたび首を横に振った。困惑で、泣きそうな顔になっている。これ以上たずねても、おそらくなにも得られないであろう。

「うむ、わかった。行くと伝えてくれ」

十四郎がうなずくのを見て、男の子は役目を果たした解放感からか、足取りも軽く外に出ていった。

十四郎は蕎麦をすすりながら、さきほどの視線がやはり気のせいではなかったことを知った。

しかし、太宗寺の境内で待ち受けている侍がだれなのか、まるで見当がつかなかった。

太宗寺と小耳にはさんだのをきっかけに、ふたり連れの話題はすでに変わっていた。

「太宗寺は庭が広いので有名だぁね」

「そんなに広いか」

「たいそうな庭で、太宗寺」

「つまらねえ洒落《しゃれ》だ」

「太宗寺には、江戸六地蔵のひとつがある」

「あとの五つはどこだね」

「品川《しながわ》の品川寺《ほんせんじ》、巣鴨《すがも》の真性寺《しんしょう》、深川の永代寺《えいたい》、深川の霊巌寺《れいがん》、浅草《あさくさ》の東禅寺《とうぜん》」

「おめえは、そんな役にも立たないことだけは妙に詳しいな」

ふたりの他愛ないおしゃべりは、まだまだ続きそうだった。

蕎麦を食い終えたあと、十四郎はゆっくりと蕎麦湯を飲んだ。

＊

甲州街道の北側に参道があり、参道の左右は門前町になっている。もっとも門前町といっても、内藤新宿の町並みとはひと続きだった。

表門をくぐって短い参道を通ると、南北に細長い広大な境内となる。

参道の隅で、さきほどの男の子が泣きじゃくっていた。顔の左側が赤く腫《は》れている。

約束の駄賃をもらえなかったばかりか、つきまとったために、平手打ちをくらって追い払われたのであろう。

阿郷十四郎は、待ち受けている相手の、子供を裏切ったあげく殴りつけるという悪辣《あくらつ》で粗暴な仕打ちに怒りを覚えた。

彼は感情を抑えつつ、声をかけた。

「おい、どうした。銭《ぜに》はもらえなかったのか」

男の子はしゃくりあげた。しゃくりあげるたびに、鼻からたれた青洟が伸びたり縮んだりする。

「もう泣くな。おじさんが代わりに駄賃をやろう。といっても、おじさんもあいにく持ち合わせがなくってな。これで勘弁しろ、な」

彼はなだめながら、財布に残っていた文銭数枚を渡した。

男の子は銭をしっかり握りしめたまま、いっそう激しく泣きじゃくり始めた。

銭をあたえたあと、十四郎は周囲に目を配りながら、ゆっくりと太宗寺の境内に入っていった。

大木が生い茂る境内には、閻魔《えんま》堂や銅製の地蔵菩薩座像がある。

銅製の地蔵は、首に赤い布を巻いていた。

十四郎がすぐ右手にある地蔵像の横を通り、さらに奥に向かおうとしたときだった。

横合いから突然、槍《やり》が襲ってきた。

十四郎は上体を傾けてかろうじて奇襲をかわすと、刀を抜き放って応じた。

だが、槍は素早く引き戻され、刀は空を切った。

襟元が槍の穂先で引き裂かれたらしい。肩が直接外気に触れた。間一髪の差で、頸部を刺し貫かれていたところだった。

十四郎は全身の血が逆流するのを覚えた。

「惜しいところだった。運のいいやつ」

前途に立ちふさがったのは井出広太郎だった。槍を手にしている。

「槍の不意打ちをするため、わざわざ呼び出したのか」

「さきほど、蕎麦屋に入るところを見かけたものでな。まさか宿場の人混みのなかでうぬを串刺しにするわけにもいかぬから、こうしてうぬの死に場所を用意して待っておった」

「すると、まだ懲《こ》りないとみえる」

井出の目がぎらぎら光った。

「先日は、うぬの素早い動きに幻惑されて思わぬ不覚を取った。しかし、うぬの剣法はしょせん道場での竹刀剣法。真剣勝負では、そうはいかんぞ」

「それにしても、しつこいな。道場での勝ち負けに遺恨を抱いていてはきりがなかろう」

「命のやりとりをする真剣勝負が道場の剣術遊びとは違うことを、身をもって教えてやる。ついでに、冥土《めいど》の土産に教えておいてやるが、拙者はいささか槍《そう》術《じゅつ》も修めておる。戦場では、相手が槍を使うのに苦情は言えぬぞ」

井出が毒々しい笑みを浮かべた。槍を手にすることで、絶対の自信に満ちていた。

十四郎はもう引き返せないことを自覚していたが、無駄とは思いつつも言った。

「つまらん面子にこだわり、命のやりとりをすることはなかろう」

「いまさら逃げ口上はよせ。うぬの命はもらった」

「やむを得ぬな」

十四郎がゆっくりと剣先を井出の喉元に向けた。

井出が胸元をねらい、さっと槍を繰り出してきた。

十四郎が体を開き、刀で槍を払おうとした。しかし、槍は素早く井出の手元にたぐり寄せられている。

なまじ不用意に槍を伸ばして柄《え》を刀で切断されることを警戒すると同時に、手元に跳び込まれることを極度に恐れているようだった。

十四郎がじりじりと間合いをつめようとした。

ふたたび胸元をねらうと見せかけた槍が突如、腰のあたりに向けて一直線に伸びてきた。

十四郎はかろうじてかわしたが、穂先が右股《もも》をかすった。

刀で払ったものの、すでに槍は井出の手元にたぐり寄せられている。

袴と着物が裂け、血がツーと足首にまで伝うのを感じた。

やはり槍の威力は圧倒的だった。

「避けるのではなく、突っ込むのだ」

十四郎はからからに渇《かわ》いた口で、自分に言い聞かせた。

「かつて倭寇《わこう》が、明軍兵士の槍をものともせず、突っ込んでいったように」

しかし、膝の関節がまるで自分のものではないかのように浮ついている。

十四郎は自分で自分を叱咤《しった》しながら、思い切って右足を後ろに引き、半身《はんみ》になった。

井出はすでに余裕が生まれているのか、

「うぬは曲芸のような動きをしておったが、そもそも何流だ」

「勝手に阿哥流と名づけておる。もっとも、阿哥流に門人はおらぬから、拙者で絶えるがな」

「うぬが創始したのか」

「源流は明の刀法だ。さらにその源流は、わが国の倭寇にまでさかのぼる。代々、阿郷家で伝えてきた」

「倭寇と明が源流だと。はったりを言うな」

「はったりかどうか、ためしてみるがいい」

十四郎は正眼に構えていた刀をゆっくりと後方に引き、剣先を右半身の後ろに下げた。同時に、右膝を曲げつつ、左足をやや前に伸ばした。

相手の槍に対して、むき出しの左半身をさらしたことになる。右提撩刀勢《うていりょうとうせい》だった。

かつて明の武人が、「倭奴《わど》の絶技なり（倭奴之絶技也）」と賛嘆した勢（型）である。明軍兵士を畏怖《いふ》させた倭寇の剣法だった。

ほとんど挑発に等しい十四郎の無防備な構えを見て、井出が鼻で笑った。十四郎が捨て身で相打ちをねらっていると見たのであろう。

「むだなことだ」

猛然と槍で突いてきた。

だが、十四郎はその鋭い突きをものともせず、逆に大きく踏み込んでいった。

左足を軸にして身をひるがえし、槍の穂先を紙一重の差でやり過ごしながら、刀を一閃させた。

次の瞬間、槍の柄は穂先の近くで一刀両断にされていた。

井出の目に狼狽《ろうばい》の色が浮かんだ。穂先がなくなった槍をあわてて放り出し、腰の刀の柄《つか》に手をかけた。

しかし、十四郎の動きのほうが早かった。

十四郎は跳躍しながら、井出の胸からあごを斬り上げていた。

血が勢いよく噴《ふ》き出した。

返り血を浴びるはずの十四郎の体は、すでに井出の左手後方に着地している。

着地しながら体の向きを変え、両膝を曲げて体勢を低くしながら、剣先を左斜め前に向けていた。

井出は血塗《まみ》れになりながらもしゃにむに刀を抜き、左に向き直った。そこを、横をすり抜けざま、十四郎が胴を横に薙《な》いだ。

井出はそのまま前に突っ伏した。

みるみる地面に血だまりができていく。

十四郎は刀を鞘に収めた後、右太股をたしかめた。傷はたいしたことはなかった。気が張りつめているから、痛みも感じない。

彼にとっては、着物や袴の破れのほうがよほど手痛かった。

さいわい境内に人はなく、目撃者もいないようだった。

十四郎は太股の傷に手ぬぐいを当てて応急の血止めをすると、そそくさと境内をあとにした。

(五)

入口の腰高障子《こしだか》はあいていた。

藤田角之助は玄関の土間に立ち、

「わたくしですが、石井先生からお届けするように言われまして」

と声をかけた。

ごく近い場所から、

「おう、ちょっと待ってくれ。なんなら、勝手に上がってもかまわんぞ」

という声が返ってきた。しかし、肝心の阿郷十四郎はなかなか姿を見せない。

角之助は、「台所で夕飯の準備ですか」とつぶやきながら、しぶしぶというかっこうで下駄を脱いで部屋に上がった。

玄関を上がるとすぐそこが六畳で、障子で仕切られた奥が台所になっている。

また六畳の左隣りに、手前から三畳と二畳の部屋が並び、二畳の部屋には押入があった。台所から小さな廊下を通って左隅、二畳の部屋の奥に、便所が設けられている。

部屋と部屋の境は薄い土壁と襖《ふすま》で仕切られており、畳はすべて縁のない野郎畳だった。

風呂はないため、銭湯に行くしかない。

旗本中田左近の屋敷の敷地内に建つ、家来用の長屋である。

長屋であるため、同じ間取りが数世帯分、横に並んでいる。十四郎の住まいは、最も左端に位置していた。

長屋に入居しているのは、十四郎を除いて他はすべて所帯持ちである。

六畳の部屋に座り、角之助は家のなかを見回していた。

独り者の暮らしのわりには、家のなかはきれいに片づいている。というより、家財道具がほとんどないせいであろう。

六畳の部屋には、壁に神棚が設けられ、片隅に仏壇と行灯《あんどん》が置かれているのみ。

角之助は首を伸ばし、隣りの三畳の部屋をのぞき込んだ。

隅に布団がたたまれ、刀掛けには朱鞘《しゅざや》の大刀がかかっているのが見えた。

そのとき、台所との境の障子が開き、十四郎が現われた。

「すまん。雪隠《せっちん》に入っておったのでな」

「え、便所だったのですか」

角之助はとたんに幻滅した顔になった。

「おいおい、貴公だって雪隠には行くだろうが」

「それはそうですが」

角之助はなおも不満そうである。

「こんなときに行かなくても」

「これでも、貴公が来たから、急いで出てきたのだ」

十四郎がどっかと座りながら、

「さきほど石井先生に借用をお願いしたのだが、さっそく届けてくれたのか。ありがたい。あすは、それなりの恰好をしないとまずいのでな」

「着物、羽織、袴、帯、それに白足袋《しろたび》までもです。先生もめったに袖を通したことのない品ですから、くれぐれも大事に着てください」

「貴公はどうも、ひとこと余計だな。若いのに、小姑《こじゅうと》のようだぞ」

十四郎がうんざりしたように言った。

だが、角之助は少しも動じた様子はない。無遠慮な視線で家のなかを見回しながら、

「ずいぶんすっきりしたお住まいですね」

「拙者のようなひとり暮らしには、六畳、三畳、二畳の三間は広すぎるくらいだ。しかし、これでも親父とお袋、それに妹が生きていたときは手狭だった。しかもそのころは、まだいろんながらくたが残っておったからな」

「がらくたと言いますと」

「十四阿哥が清から日本に渡って来るとき持ってきた品々だと聞いた」

「康熙帝の皇子《おうじ》が持って来た物となれば、清国の財宝ではありませんか」

角之助が目を輝かせた。

十四郎はあっさり否定して、

「清の使節として来航したわけではない。役人の目をかすめての逃亡だ。持ち込んだとしても、それほど珍奇な物ではあるまいよ。ただし、日本には清や阿《お》蘭陀《らんだ》の物品をやたらとありがたがる御仁《ごじん》が多い。そのため、古道具屋などに売り飛ばすと、かなりの値が付いたらしい。一品売ると、半年や一年は遊んで暮らせたとか」

「それはたいしたものですね」

「だがなあ、そんな優雅な売り食い生活ができたのも親父の代まで。拙者の代には、なにも残っておらん。おかげで、拙者は貧乏暮らしを余儀なくされておる」

「先代までに売り尽くしてしまい、今ではまったく何も残っていないのですか」

角之助が念を押した。

十四郎はいったんはうなずいたものの、

「書画骨董の類《たぐい》はすべて売り払ってしまったが、武器だけは手放さなかった。たとえば、拙者が差しておる大刀。あれも清から伝わった品だ。今では、十四阿哥の数少ない遺品のひとつだな」

「ああ、あれですか」

角之助も、十四郎の差料《さしりょう》を思い出したらしく、ちらりと隣りの三畳に視線を走らせた。

このころ、すでに日本刀は武器としての実用性よりも装飾性が重んじられ、武士が腰に差す大刀や脇差しも細身で華奢《きゃしゃ》なものが主流となっていた。これに比べると、十四郎の刀は無骨なほど厚みがあり幅広だった。

角之助は急に疑わしげな顔になると、

「清から日本刀が伝わるわけはありますまい」

「貴公が疑念を抱くのも無理はない。詳しく言うと、わが国からかつて唐土に伝えられた日本刀が、ふたたびわが国に戻ってきたというわけだ。以前、研《と》ぎに出したことがあるのだが、研師の鑑定によると、無銘だが、鎌倉の頼朝《よりとも》公の時代の刀らしい」

「日本刀は唐土にも送られているのですか」

「刀だけではない。日本刀を用いる剣術も唐土に伝えられ、彼《か》の地でさらにくふうされたのだ」

「まさか」

「貴公も疑い深いな。拙者が生きた証拠ではないか。拙者の剣術は阿哥流というが、清から伝えられたものだ」

角之助は一瞬、あっけに取られたような表情になったが、

「そういえば、阿郷さんの剣術は跳んだりはねたり、奇妙な剣術だと思ってい
ましたが、清の剣法でしたか。道理で」

心得顔で言った。

十四郎は小さなため息をついた。

「おいおい、奇妙な剣術はなかろうぜ。やむを得ぬ。貴公が誤解してはいかん
から、この際、説明しておこうか」

かなり古い時代から、日本から中国には大量の日本刀が輸出されていた。中
国では日本刀を倭刀《わとう》と呼んだが、当初は倭刀は武器ではなく、工芸品として求

められていたらしい。

倭刀に対する認識が変わったのは、明時代の倭寇がきっかけだった。

「明の名将戚継光《せきけいこう》が編纂した『紀効新書《きこうしんしょ》』には、倭刀について次のように書かれている。

此《こ》れ倭の中国を犯すの始め自《よ》り之《これ》有り。彼此《かれこれ》を以《もっ》て跳舞光閃《ちょうぶこうせん》して前《すす》まば、我が兵已《すで》に気を奪わる。倭喜躍《きやく》し、一《ひと》たび足を進ませれば則《すなわ》ち丈余《じょうよ》、刀長五尺、則ち五尺より大なり。我が兵の短器接し難《がた》く、長器捷《しょう》ならず、之《これ》に遭《あ》う者身多く両断さる……。

つまり、

倭寇は、わが明国を荒らし始めた当初から倭刀を使っていた。倭寇が倭刀を閃《ひらめ》かせながら突進してくるだけで、もう明の兵士は逃げ腰になってしまう。倭寇は身軽で、そのひと跳びは一丈以上もあるため、倭刀の長さは五尺だが、その有効距離は五尺よりはるかに長い。明軍の刀剣などは近づけず、槍などは動きについていけない。このため、明軍兵士の多くが倭刀で一刀両断にされている……

という意味だ」

明時代、倭刀を手にして次々と船に飛び移ってくる倭寇の剽悍《ひょうかん》さは恐怖の的となった。だが同時に明の武人たち、なかでも戚継光は倭刀の武器としての優秀性に注目したのである。

中国の伝統的な刀剣に比べ、倭刀は軽量でしかも鋭利である。

「唐土で倭刀を用いる刀術を初めてくふうしたのは、戚継光といわれておる」

倭寇討伐に大きな功績を上げた戚継光は、倭刀を明軍の武器として採用した。また、捕虜となった倭寇からも、日本の剣術を学んだらしい。

そして、戚継光は自ら倭刀の使用法を研究し、新たな刀術として体系化したのである。

以来、倭刀を用いる刀術は中国武術のひとつとして発展した。

なお、わが国では刀と剣とはほぼ同義語だが、中国では刀は片刃、剣は諸刃《もろは》の武器をさして明確に区別している。そのため倭刀を用いる武術は、剣術ではなく刀術と呼ばれた。

「この戚継光がくふうした刀術が、清の武人によってさらに磨かれた。少林拳も取り入れられたようだ。十四阿哥が日本に来航したとき、数名の清の剣士が従っていた。この剣士のなかに、倭刀を得意とする者がいた。この者から、拙者の先祖の阿郷十四郎が刀術を学び、さらに代々の阿郷十四郎に伝えられたというわけだ。これが阿哥流だ。ただ伝えられたことを守るだけでなく、拙者もそれなりに新しいくふうはしておるがな」

さすがに悠久の時を感じたのか、角之助はぽかんと口をあけていたが、

「阿郷さんは、清の康熙帝の末裔でありながら、倭寇の末裔でもあるわけですか」

およそ見当違いな感想を述べた。

そのとき、からころと下駄の音が近づいてきた。

＊

玄関のはるか手前から、若い娘が大きな声を上げた。

「十四郎さん、いいものを持ってきたわよ」

中田家の台所仕事をしている下女のお種《たね》だった。

縞木綿《しまもめん》の小袖を着て、鯨帯《くじらおび》をしめ、赤前垂をつけていた。素足に下駄ばきである。

丸顔で、目が大きい。

「あら、お客さんでしたか」

玄関の土間に立ち、お種は戸惑っていた。

「では、台所のほうに回ります」

十四郎が勢いよく立ち上がりながら、

「かまわん、かまわん。客などというたいそうな御仁ではない」

十四郎が玄関先に出た。

お種は小皿を差し出しながら、

「夕御飯のおかずにしてくださいな」

「ほう、これはありがたい」

小皿からはかすかに湯気が立ちのぼり、食欲をそそる香りが鼻を刺激する。

鰈《かれい》の煮付けが盛られ、上には細切りにした生姜《しょうが》がのっていた。

「鰈の煮付けは拙者の大好物でな。これは助かる。飯だけは炊いたので、きょうの夕飯は、茶漬けに沢庵《たくあん》の古漬けですまそうかと思っておったところだった」

十四郎は、お種からうれしそうに小皿を受け取った。

お種は白い歯を見せながら、

「お殿様の分なんですけどね」

十四郎はぎょっとした顔になって、

「殿の分だと。いくらなんでも、それはやり過ぎだぞ」

お種が持参したのが中田左近のおかずと聞き、さすがに十四郎もあわてていた。

しかし、お種はけろりとしていた。

「かまいません。お殿様はきょうは帰りがおそくなると聞いてます」

そのとき、部屋にいるのが藤田角之助と気づいたのか、

「あら、だれかと思ったら、石井道場の若先生ではありませんか」

「あ、はい、いえ、どうも」

十四郎に「客などというたいそうな御仁ではない」と形容されてむくれていた角之助だが、今度はお種に若先生と呼びかけられて顔を赤らめ、しどろもどろのあいさつをしていた。

角之助とお種は、ほぼ同年齢であろう。

顔を上気させている角之助を横目で見て、十四郎がからかって言った。

「石井道場にも、お種殿のような気のきいたお女中がいるといいのだがなあ。そうすれば、貴公も稽古に張り合いがあろうというもの」

角之助はますます赤くなった。

「では、あたしはこれで」

お種はちょっとツンとしていた。

そんなお種の後ろ姿に、十四郎が言った。

「近々、ちょいと金が入る予定があってな。お礼に、髪油でも買ってやろう。色気より食い気というのであれば、饅頭《まんじゆう》や餡餅《あんもち》でもいいぞ」

お種が振り返り、

「あたしは、もちろん食い気」

と笑顔で手を振った。

角之助は口をとがらせている。

十四郎がまじめな顔で、

「貴公もいずれ嫁をもらうなら、お種殿のような明るい働き者の女がいいぞ。侍の娘などは考えないほうがいい」

お種は上井草《かみいぐさ》村(東京都杉並区)の農家の出身である。

角之助は目を三角にしてにらんだ。農民の娘との結婚を勧められたことが心外らしい。

十四郎は、角之助の武士へのあこがれや上昇志向は尊重すべきとしても、一抹の危なっかしさと愚かしさを感ぜずにはおれなかった。

十四郎がなおもことばを続けようとしたとき、それをさえぎるように角之助が言った。ほとんど、詰問口調だった。

「わたくしのことより、阿郷さんはどうなのです。所帯を持つ気はないのですか」

「拙者か。痛いところをついてくるな」

十四郎は遠い目つきになり、

「考えたこともあったが……。拙者もすでに三十路《みそじ》だ。夜、このがらんとした家にひとりいるときなど、情けないというか、無性《むしょう》に寂しくなるときがある。しかしな、康熙帝の末裔という能書きがついて回る人生もけっこうつらいものがあってな。しかも、このていたらくだ。こういう人生はもう、拙者の代で終わりにしたい。子供に同じ思いを味わわせたくないのだ。妻も子も、持つつもりはない」

角之助もそれまでとは一転して、しんみりと聞き入っていた。

屋根を打つ音がした。

どうやら雨が降り出したらしい。

その雨音に耳を傾けながら、十四郎が低い声で、

「春寒《しゅんかん》　雪を醸《かも》すに力足らず　　春寒醸雪力不足

却《かえ》って黄昏《こうこん》に向《お》いて雨と作《な》り来《きた》る　　却向黄昏作雨来」

角之助がけげんそうに、

「なんですか、それ」

「『春の寒さ（春寒）』と題する七言絶句の漢詩だ。大窪詩仏《おおくぼしぶつ》という詩人の『詩《し》聖堂《せいどう》詩集初編』に載っている。先日、石井先生にお借りして読み、なんとなく頭に残っておった。ちょうど今の気分にぴったりだと思ってな」

「どういう意味ですか」

「春の寒さは、雪をちらつかせるまではない。夕暮れ時になると、雪ではなく雨になってしまった……」

わかったのかわからないのか、角之助は重々しくうなずいている。

十四郎が続けて、

「同じく大窪詩仏の『詩聖堂百絶《ひゃくぜつ》』のなかの『春の思い（春思）』という詩に、たしかこういう一節もあったな。

炉煙《ろえん》は裊裊《じようじよう》　雨は糸糸《しし》たり　　炉煙裊裊雨糸糸
春愁《しゆんしゆう》は海の如《ごと》く　消ゆる無き処《ところ》　春愁如海無消処

香炉《こうろ》の煙が立ちのぼり、外には糸のように細い春雨が降っている。そんな春の日に感じる物憂さは、まるで海のように広がって消えることもない……」

「阿郷さんも詩を作るのですか」

「いや、拙者にはそんな実力はない。しかし、読むのは好きだ。せっかく石井先生が書物をたくさんお持ちなのだから、貴公もお借りして、できるだけ読んだほうがいいぞ」

「いえ、わたくしは」

角之助はことばを濁した。読書は好きではないらしい。それとも、読書などは、とくに漢詩集に親しむなどは軟弱と思っているのだろうか。

（六）

昨夜降った雨は早朝には上がったものの、まだかすかに湿り気が残っているためか、四谷塩町《しおちょう》の町屋は朝日を浴びて輝いて見えた。

甲州街道の両側に、四谷塩町の町並みが続いている。塩町二丁目、三丁目、そして四谷大木戸に到る。

着飾った若い女の一団のあとから、大きな風呂敷包みを背負った初老の男がついて行く。荷物は、彼女たちの弁当らしい。

四谷大木戸の方向に向かっていることから見て、角筈村《つのはず》（東京都新宿区）の熊野十二所権現社《くまのじゅうにしょごんげんしゃ》にでも野遊びに行くのであろう。熊野十二所権現社は、俗に

「十二社《じゅうにそう》」と称されている。

十二社の境内は広く、松、杉、樅《もみ》、柏などの古木が鬱蒼と繁り、春は桜、桃、杏《あんず》、山吹などが次々と咲く。

また境内には大きな池があり、池の周囲には多くの茶屋があってにぎわっていた。そのほか、熊野の滝と称する高さ三丈《じょう》（一丈は約三メートル）、幅一丈の滝まであって、流れ落ちた水が渓流となって流れている。

十二社は、江戸近郊の代表的な行楽地でもあった。

若い娘たちにとって、春の光のもとで野に遊ぶ解放感はひとしおなのであろう。

「わたくしとしては気は進まないのですが、石井先生の言いつけなので仕方ありません」

歩きながら、藤田角之助がいかにも不平らしく言った。

先を歩く阿郷十四郎が、ちょっと振り返り、

「若党という役回りが気にくわんのか」

十四郎は黒縮緬の羽織に、表は唐桟、裏地は甲斐絹の袷 袴といういでたちなのに対し、角之助は木綿の羽織に小倉《こくら》の袴である。

もっとも、十四郎の羽織も袴も石井又左衛門からの借り物だったが、彼と角之助が並ぶと年齢の差も手伝って、まさに主従そのものである。主人と、それに従う若党に見える。

「いえ、阿郷さんの従者という役回りがいやだと言っているのではありません。人をだますような行為に加担するのがいやなのです」

「あのなあ、何度も言うように、悪いのは西田良右衛門だぞ。伊藤屋はだまされたほうだ。騙《かた》り取られた物を取り返すためには、うそも方便だろうが」

「たとえ相手が悪人だとしても、武士がうそをついていいものでしょうか」

角之助は唇をへの字に引き結んだ。

十四郎は内心、角之助の頭のなかで形成されている武士像にため息をついた。

もちろん、角之助の観念論には辟易《へきえき》であり、それをやりこめるのはたやすい。だがいっぽうで、角之助が描いている理想像を大切にしてやりたいという気持ちもあった。

「ともかくだな、伊藤屋がだまし取られたうつわを取り戻さねばならん。かといって、まさか西田の屋敷に討ち入るわけにもいくまい。拙者と石井先生が練り上げたこの案が、けっきょくいちばんいいのだ」

「うそを言って人を手玉に取るというのは、武士としていかがなものでしょうか」

角之助はなおも食い下がった。

「拙者と貴公で西田を討ち果たしてもいいが、切腹を覚悟せねばならんぞ。赤《あこ》穂《う》の浪士のように主君の仇《かたき》を討って切腹するのならともかく、質屋の質札のために切腹しては物笑いの種だろうが」

十四郎が大げさに顔をしかめた。

切腹と聞き、さすがに角之助もひるんだのか、黙ってしまった。それでも、やはり承服はできないのであろう、口をとがらせていた。

前方に石垣が見えてきた。四谷大木戸である。

石垣の手前が四谷、石垣から向こうが内藤新宿へ向かう道となる。

江戸の西の出入口である四谷大木戸は、もともとは関所の役目をもっていた。

しかし、すでに木戸は廃止され、左右両側に石垣を残すのみで、あいだを自由に通行できる。

挟箱《はさみばこ》をかついだ中間《ちゅうげん》のあとに槍持ちが続き、そのあとに駕籠が続いている。

駕籠の左右には、継上下《つぎかみしも》の侍が歩いていた。駕籠のなかの人物は、大身の武士らしい。

石垣のあいだを抜けると左手に、水番屋と呼ばれる御普請方《ごふしんかた》御役所がある。

玉川上水を管理する役所で、羽村《はむら》（東京都羽村町）から堀を流れてきた玉川上水は、ここ四谷大木戸で地中にもぐり、管を通って江戸市中に配水される。

水番屋の前の空き地に駕籠が置かれ、駕籠かきの人足が所在なげに煙管《きせる》をくわえていた。客から声がかかるのを、煙草をくゆらせながら待っているようだった。

*

西田良右衛門の屋敷は、敷地はおよそ二百坪くらいであろうか。

すでに下見をすませていたため、阿郷十四郎は迷うことなく西田の屋敷にたどりついた。

敷地を囲む板塀は所々に、犬が出入りできるくらいのすき間ができていた。

表門は板屋根の木戸門であるが、板が腐り、あちこちから草が芽吹いていた。強い風でも吹くと、板の二、三枚はあっと言う間に飛んでいきそうだった。

表門からなかにはいると、荒廃はいっそう目立つ。敷地のほとんどは耕されて畑になっていたが、手入れがされていないためか、一部をのぞいて雑草が生い茂っていた。

表門から玄関まではいちおう踏石が敷かれていたが、やはり踏石のあいだに雑草が茂っている。

母屋は瓦葺《かわらぶき》だった。

母屋の台所からやや離れて、茅葺《かやぶき》の掘立小屋があるが、ここに雑用をこなす老人夫婦が寝泊まりしているのであろう。

玄関口で藤田角之助が声をかけ、しばらくして、西田本人が姿を見せた。

黄八丈《きはちじょう》の着物をぞろりと着て、袴もつけていなかった。

腫《は》れぼったい目をして、顔色もさえない。昨夜、深酒でもしたらしかった。

十四郎は、

「高島藩諏訪家の家臣で、山本兵庫助《やまもとひょうごのすけ》と申す」

と自己紹介した。

角之助については紹介するまでもなく、山本の家来であることは一目瞭然でわかる。

西田も十四郎の身なりと、さらには若党をつれていることから見て、かなりの地位と判断したのであろう。ことばは慇懃《いんぎん》だったが、警戒感をあらわにして、

「して、諏訪家の御家来が、拙者に何用でござるかな」

「お互いに腹のさぐり合いをしてもつまらぬ。ここは、単刀直入に申そう」

十四郎は声をひそめると、

「伊藤屋のうつわのことだ。じつは、金もうけの話がある。拙者は、少なくとも百両にはなると踏んでおる。ここでは不都合というのであれば、外で話して

もかまわんが」

西田の顔つきが変わった。しかし、あくまでふてぶてしく、

「なんのことかわかりませんな。人違いではありませんか」

しばらくにらみ合いが続いた。

十四郎がきっぱり、

「そうか。では、いたしかたない。あきらめよう。どっちみち、拙者ひとりでも、貴殿ひとりでも金にできない。この話はなかったことにしてくれ」

踵《くびす》を返そうとした。

西田があわてて、

「ちょっと待ってくれ。貴殿も気が短いな」

彼は十四郎と、後ろにひかえている角之助を値踏みするように見つめていたが、

「いちおう話だけは聞きましょうか」

「そうですか。で、場所は」

西田は背後をちょっと振り返り、

「家のなかは取り散らかしておるので、庭で立ち話にしてもらえまいか」

やはり、妻子が気になるのであろう。

西田に指定されたとおり、十四郎が家の背後の庭に回った。角之助は玄関先に残った。

庭に向かう途中、井戸で水汲みをしていた老人が十四郎に向かって腰をかがめた。

庭には小さな池があったが、泥水がよどみ、塵芥《じんかい》の類が浮いていた。

しばらくして、西田が庭下駄をはいてやってきた。顔に生気が戻っているのは、あわてて顔を洗ったのであろう。持ち込まれたもうけ話が活力をあたえたことも間違いなかった。

献上博多《けんじょうはかた》の帯に、細身の脇差を差していた。

家屋や庭の荒れぐあいから見ても西田が経済的に困窮しているのは明らかだったが、着物などはなかなか金がかかっていた。

西田は十四郎のそばに立つや、

「貴殿の話をうかがう前に、まずおたずねしたい。なぜ伊藤屋の一件を知っておる」

「蛇《じゃ》の道は蛇《へび》ということだが、それだけでは貴殿も納得できまい。わが高島藩諏訪家は参勤交代で内藤新宿を通るし、また公用で藩士が国元と江戸のあいだを内藤新宿を通って往来することも多い。そのため、伊藤屋はよく利用しておる。そんなこんなで、ちょっとした筋から、拙者の地獄耳に入ってきたというわけだ」

「なるほど」

「貴殿も凄腕だな。料理代をちゃらにさせたあげく、うつわを質に入れてしまうなど、痛快というか見事というか。商人どもは、われわれ侍を食い物にして肥え太っておるのだ。たまには思い知らせてやったほうがよい。さもないと、どこまでもつけあがる連中だ」

十四郎が真剣な顔で力説した。

「まあな」

悪事を面と向かって称賛され、西田も照れ臭そうに苦笑していたが、

「ところで、伊藤屋のうつわが百両になるというのは、どういうことだ」

「腹を割って話そう。じつは貴殿が質に入れたうつわのなかに、伊藤屋が諏訪家から拝領した品があるらしい。伊藤屋でもそのへんは秘密にしておるので、現物を見ないとわからんわけだが。しかし、もしそれが本物だとすれば、あるところに持ち込めば百両にはなるという代物だ」

「唐土《もろこし》や朝鮮から渡来した、たいへんな骨董品ということか」

「いや、そうではない。古道具屋に目利《き》きさせても、一朱にもなるまい」

「それが、なぜ百両にもなる」

「そこが肝心のところなのだが」

十四郎は一息置いて、周囲を見回した後、

「わが高島藩諏訪家では今、お家騒動が再燃しておる。いささかの理由があり、もし目当てのうつわであれば、お家騒動の風向きが大きく変わる。百両でもほしがる人物がいるということだ。これ以上は勘弁してくれ。勘のいい貴殿のことだ、あとは察しがつくであろう」

いかにも奥歯に物がはさまったような口ぶりだった。

西田が目を光らせ、

「拙者も小耳にはさんだことはあるが」

と、つぶやいた。

彼が二の丸騒動を連想しているのは明らかだった。

高島藩諏訪家では、明和《めいわ》七年（一七七〇）に二の丸騒動と呼ばれるお家騒動が始まった。

第五代藩主忠林《ただとき》が死去したあと、ふたりの家老のあいだで権力争いが発生し、これに第六代藩主忠厚《ただあつ》の継嗣問題もからんだ泥沼のお家騒動に発展したのである。

藩内は両派に分かれて争い、ついにはいっぽうが江戸に出て幕府老中の田沼《たぬま》意次《おきつぐ》に訴え出るという事態にまでなった。こうして、幕府の介入もあって二の丸騒動はようやく終息した。

だが、高島藩諏訪家の二の丸騒動はまだ記憶に新しい。お家騒動再燃の示唆《しさ》は、じゅうぶんに説得力があったのだ。

西田は十四郎の説明が歯切れが悪いだけに、かえって信憑《しんぴょう》性を感じたらしかった。

「目当てのうつわかどうかは、どうやってわかる」

「拙者が見ればわかる。そのためにも、質から請け出さねばならぬ。もし本物であれば、百両の金に換え、貴殿と拙者で折半、五十両ずつでどうだ」

西田の口元に薄笑いが浮かんだ。

「ずいぶん気前がいいな」

「質札は貴殿が持っている。うつわの持ち込み先は、拙者が知っている。貴殿と拙者はお互い五分五分だ。どちらが欠けても、金にはならん。金も五分五分の折半が妥当だと思うがな」

「しかし、質から請け出してみたものの、本物でなかったらどうなる」

「そういう場合もありうる。まあ、それも五分五分だな。だから、拙者も半分もとう。質には二分で入れたと聞いておる。半額の一分を拙者が出そう」

十四郎が財布から一分を取り出した。先日、石井又左衛門から受け取った二分の残りの、なけなしの一分だった。

十四郎が出資までするのを見て、西田も本気になってきたようだった。

「もし本物でなかったら、貴殿はみすみす一分をふいにすることになるぞ」

「覚悟の上だ。そのくらいの覚悟がなければ、博打《ばくち》はできない。ねらった通りの賽《さい》の目が出れば、五十両だ。この博打、のらない手はない。そうは思わぬか」

西田は黙っている。

「貴殿としては、あくまで質札を三両で伊藤屋に売りつけるという手もある。確実な三両を選ぶか、五十両の博打をするか」

依然、西田は無言である。

十四郎は一分を財布にしまいながら、

「貴殿が博打が嫌いなら仕方がない。この話はなかったことにしよう。忘れてくれ」

西田がニヤリとして、

「まあ、待て。拙者も博打は嫌いなほうではない。貴殿とは気が合いそうだ。よし、拙者ものろう。拙者が残りの一分と利息分は出す。用意してくるので、外で待っててくれ」

西田は家のなかに入っていった。着替えをするのであろう。

＊

「質屋に三人でぞろぞろ行くのは目立つ。貴殿らは、どこかで待っていてくれぬか。そうだな、太宗寺の境内はどうだ」

西田良右衛門が内藤新宿の雑踏のなかで言った。

「太宗寺か」

阿郷十四郎は井出広太郎とのことを思い出し、気乗りのせぬ声で言った。

「太宗寺ではまずいのか」

西田の目が鋭くなった。

「いや、そういうわけではない。拙者も国元との往来のたびに、太宗寺にはよく参詣しているものでな。うむ、あそこなら境内も広い。人目につかぬ場所もある。よし、太宗寺の閻魔《えんま》堂の前で待っている」

「では、後ほど」

西田は伊勢屋に向かった。

西田を見送った後、十四郎と藤田角之助は連れだって太宗寺をめざした。

角之助が眉を寄せて、

「あの男、阿郷さんから一分を巻き上げたあげく、うつわを質から請け出してそのまま逃げたりはしないでしょうか」

「それはないさ。やつのねらいは五十両だ。やつひとりでは、うつわを百両にする手だてはない。悔しくても、拙者のところに来るしかない」

十四郎の自信たっぷりのことばにもかかわらず、角之助はまだ心配なのか、しきりに後ろを振り返っていた。

太宗寺の境内に入った。

もちろん、先日の井出の血痕などはどこにもなく、きれいに掃き清められている。

寺としても面倒には巻き込まれたくない。死体は行き倒れ人として始末されたのであろう。

閻魔堂のなかには、「内藤新宿のお閻魔さん」として信仰されている閻魔像が祭られていた。旧暦一月十六日と七月十六日の春秋二度の藪入《やぶい》りの日は、俗に「地獄の釜の蓋《ふた》があく日」といわれ、休暇をもらった商家の奉公人などの参詣でにぎわう。

閻魔像は冠《かんむり》をつけ道服を着て、右手に笏《しゃく》を持った姿で、かっと目を見開き、口はまさに怒声を発しているかのように大きく裂けていた。

角之助があたりを見回しながら、

「きょうは閻魔堂も静かですね」

「西田にとっては、まさに地獄の釜の蓋があく日になるだろうぜ」

「地獄の釜の底に蹴落としてやるつもりですか」

「釜の底とまではいかないまでも、煮えたぎる地獄の熱湯に頭の半分くらいはつけてやるさ」

「すべて半分ですね」

角之助が初めて愉快そうに笑った。

四ツ（午前十時ころ）を告げる鐘《かね》の音が響いてきた。追分のほど近くにある天竜寺《てんりゆうじ》の時《とき》の鐘であろう。

天竜寺の時の鐘は、上野寛永寺《うえのかんえいじ》、市谷八幡《いちがやはちまん》の鐘とともに江戸三名鐘といわれ、また内藤新宿の女郎屋で遊ぶ人々には「追い出しの鐘」と呼ばれていた。

しばらくして、西田が大きな風呂敷包みを下げて境内に入ってきた。

「請け出してきたぞ」

「よし、さっそく確かめよう。だが、人に見られてもまずい。あの辺の、木の陰はどうだ」

十四郎が境内の片隅にある、杉の大木を指さした。

西田が風呂敷包みを持ち換えながら、

「よかろう」

「荷物は、この者に持たせるがいい」

十四郎が角之助を示した。

西田はちょっと迷ったすえ、風呂敷包みを角之助にあずけた。

三人は閻魔堂の前から、大木の陰に向かった。

十四郎が振り返ると、地蔵尊や閻魔像を参拝するらしい数人が広い境内を三々五々歩いているだけで、杉の大木の周囲にはまったく人の気配がない。

「この辺でよかろう」

十四郎が言った。

地面にしゃがみ込んだ角之助が、風呂敷包みを解いた。

一枚一枚、うつわを改めていった。

藍染付の大皿や、沈金に朱漆の大平のうつわ、黒漆に金粉で風景画を描いた緑の高いうつわなど、伊藤屋八郎兵衛から聞かされていたうつわはすべてそろっていた。

「うむ、なかなか立派なものだ」

西田がさぐるような目で、

「目当ての品はあるのか」

十四郎は莞爾《かんじ》とした笑みを浮かべ、

「うむ、ある。間違いない」

「ど、どれだ、百両の値打ちがあるというのは」

「それだ」

十四郎が指さし、西田がそれにつられて体をかがめた。

すかさず、十四郎は西田の右肩と後頭部を両手で押さえるや、そのまま思いきり頭を杉の木の幹にたたきつけた。

ゴンという虚《うつ》ろな音がした。

西田は小さくうめきながら、ずるずると膝から崩れ落ちた。

十四郎が角之助にうなずいた。

角之助は手早くうつわを風呂敷で包み直し、立ち上がった。そして十四郎に向かって軽くうなずくや、風呂敷包みを下げて足早に歩き去った。

その姿が境内から消えたのを確認した後、十四郎が声をかけた。

「おい、だいじょうぶか」

西田は杉の幹にあてた右手で体を支え、ようやく立ち上がりながら、

「い、いったい何の真似だ」

まだ頭が朦朧《もうろう》としているようだった。

意識を回復させるかのように、首を振った。その額《ひたい》からは、鮮血が一筋たれていた。

西田は角之助の姿がないのに気づき、憤怒の声を漏らした。

「うつわはどこだ。さては、騙《かた》ったな。くそう」

「貴殿の怒りはもっともだが、われわれにはあのうつわがぜひとも必要なのだ。お家の事情があってな。その辺は、貴殿も武士、わかるであろう。悪く思わんでくれ。貴殿が気を失っているあいだに姿を消したのでは、あまりに非礼と思い、こうして貴殿が気を取り戻すまで待っていた。ひとこと説明だけはしておきたくてな。では、御免」

十四郎が立ち去る気配を見せた。

「ふ、ふざけるな」

西田は怒号とともに、刀を抜いて斬りつけてきた。

十四郎も刀を抜いて応じ、軽くいなした。

西田はなおも追いすがり、斬りつけてくる。

しかし、滅茶苦茶に刀を振り回しているだけだった。おそらく、まともに剣術を稽古したことは皆無なのであろう。

十四郎は翻弄《ほんろう》するような動きで相手の刀をかわしていたが、危うく羽織の袖を斬られそうになった。

西田が間合いも何も無視して力任せに刀を振り回しているだけに、十四郎はかえって間合いを読み切れなかったのだ。

彼はひやりとした。

「この羽織は借り物だからな。傷物にされてはたまらん」

内心、焦ってつぶやいた。

同時に、西田の拙劣な剣術に対して、猛然と怒りがこみあげてきた。石井道場で熱心に稽古をしている農民や町人のほうが、剣術の技量は西田よりはるかに上であろう。

「なんとも情けない。それでいて、百姓町人には威張っているのだから、腹立たしいかぎりだ」

十四郎が羽織の袖を斬られそうになって狼狽したのを見て、西田はまさに好機と思ったらしい。

「きえー」

という気合いもろとも、袈裟《けさ》掛《が》けに斬り込んできた。

その斬り込みをかわしざま、十四郎が体を半回転させ、その勢いをこめて雪駄の裏で西田の胸を蹴った。

西田の体が吹っ飛び、背中を杉の幹に激突させた。

「うっ」

短くうめいた。後頭部と背中を激しく打ちつけ、すでに目は虚ろになっている。

それでも刀を構えて前に出てくるところを、十四郎が刀を一閃させて頭を削《そ》いだ。

西田の額の皮がべろりと剝がれ、みるみる血があふれ出した。

「うわあああ」

西田は刀を放り出してしまい、両手で額をしっかりと押さえている。だが、出血をとめることはできない。

大量の鮮血があごを伝い、胸元まで赤く染めていた。

「髷《まげ》を斬るつもりだったのだが、ちょいと手元が狂った」

そのことばが聞こえているのかいないのか、西田はわめき続けている。

十四郎は刀を収めた。

「そうわめきなさんな。命に別状はない。手ぬぐいでしばって、ともかく血止めをするんだな。そうそう、傷が癒《い》えても、月代《さかやき》は無理だろう。総髪にするといい。かえって男ぶりが上がるかもしれねえぜ。いや、待てよ。髪が生えてこないと、総髪も無理か……」

ついに、西田はへなへなとひざまずいた。

地面にへたり込んでいる西田の顔は、出血で真っ赤になっていた。

（七）

「さきほど、藤田様からたしかに受け取りました。あたくしどもで改めましたところ、すべてうつわはそろっておりました」

八郎兵衛と番頭がそろって頭を下げた。

伊藤屋の奥座敷である。

すでに到着していた藤田角之助が、興味津々《しんしん》で、

「西田殿はどうなりましたか」

阿郷十四郎は角之助の隣りに座りながら、

「二、三日は足腰が立たないであろう。しかし、命に別条はない。これで、し

ばらくはおとなしくしているであろう」

「そうですか」

角之助はちょっと残念そうだった。西田が痛めつけられるところを自分も見たかったのであろう。

「お見事なお手際《てぎわ》です。あれほど埒《らち》が明かなかったものが、一挙に解決ですからな」

八郎兵衛と番頭はふたたび礼を述べた。

十四郎が番頭に向かい、

「お手前、あしたあたり、西田の屋敷に出向いたほうがいいな」

「えっ、ご冗談を」

番頭の顔はひきつっていた。

十四郎がなだめるように、

「西田の屋敷に行き、質札を三両で買い取りたいと言うのだ。さんざん思案したあげく、ついに質札を買い取ることに決めたというおもむきで、いかにも無念そうに言うがいい。そうすれば、うつわが伊藤屋に渡ったのではないことを証明することになる」

「西田様はもう質札は持っていないのですよ」

「そこだ。西田がどのような言い訳をするか、みものだぞ。ともかく、西田はお手前を追い返すであろう。その際、お手前はさんざん泣き言を言い、恨み言のひとつも言ってやったほうがいいな。お手前がうつわの行方を必死でたずねればたずねるほど、伊藤屋がかかわっていなかったことを示すことになる。一芝居うつわけだ」

「破れかぶれになって、あたくしに襲いかかってきたりはしないでしょうか」

番頭はなおも不安そうだった。

「なぁに、刀を抜くどころか、口をきく気力もないはずだ。もしかしたら、うなりながら寝ているかもしれん。ともかく、やつの顔がどれくらい変形しているか見物してくるのも一興だぞ。ともかくお手前が質札を買い取りに行くことで、やつの頭のなかから伊藤屋に対する嫌疑は消える」

「はあ」

番頭は八郎兵衛に視線を向けた。

八郎兵衛はうなずきながら、

「阿郷様のおっしゃるとおりだ。ご苦労だが、あすにでも西田様の屋敷を訪ねておくれ。それでもう、伊藤屋は安泰というわけだから。それに、おまえもさんざん悔しい思いをしたんだから、最後に毒舌のひとつもふるってくるといい」

「では、西田様の様子を見ながら」

番頭はまだ西田に対する恐怖心が残っているようだった。西田が身動きできない状態であるのをじゅうぶんに確認してから、嫌味のひとつも投げつけるつもりであろう。

八郎兵衛が念を押すかのように、

「西田様は、うつわの行方をどう考えるでしょうか」

「体が回復してから、藩邸をそれとなくさぐるかもしれぬ。ところが、高島藩諏訪家には山本兵庫助などという藩士はいない。そこで西田は、われらが偽名を名乗っていたことを悟る。西田は、藩邸をしばらく張り込むかもしれぬな。だが、拙者を見つけることはできない。そのうち、高島藩諏訪家というのはうそで、別な大名家かもしれないと思い始めるであろう。しかしそうなると、厄介だ。江戸にある大名屋敷をすべて張り込むとなれば、いったい何年かかることか。そのあたりで、西田もついにあきらめるだろうがな。よしんば拙者にたどりついたとしても、そのときはそのときで、石井先生が撃退する手はずになっておる」

最後に、十四郎が付け加えた。

「西田もばつが悪くて、伊藤屋には二度と足を踏み入れることはできまい」

「そうでしょうな」

八郎兵衛はやっとほっとした顔になった。

そして、懐紙で包んだ物を取り出しながら、

「では、お約束のものを。あとで折半しやすいように、二朱銀や四文銭を取り混ぜてございます」

「それは助かる」

そのときふと、十四郎は自分が質草を請け出すために一分を出資していたことを思い出した。あの一分はもう取り戻せない。

「待てよ、すると拙者の取り分は実質一分少なくなる。つまり二分二朱と二十文ではないか。まいったな」

十四郎がぶつぶつつぶやくのを見て、八郎兵衛が不審そうに、

「なにか、不都合がございますか」

十四郎は照れ笑いでごまかしながら、

「いや、そうではない。お互い、商売はなかなか大変だと思ってな」

ため息が出そうだった。

「では、われらはそろそろ退散しよう」

十四郎は角之助を促し、立ち上がった。

帰り道、十四郎は角之助に昼飯でもおごるつもりだったが、当初に期待していたより謝礼が一分も少ないとなれば、やはり街道筋の蕎麦屋で我慢しておくべきであろう。

また、中田家の下女のお種へ、饅頭か餡餅も買って帰らねばならない。

ともかく、しばらく貧乏暮らしから脱却とまではとうていいきそうにもなかった。

主な参考文献

清史稿・列伝七諸王五　中華書局　一九七七年
清朝野史大観・清宮異聞　上海書店　一九八一年
雍正帝　宮崎市定著　岩波書店　一九五〇年
紀效新書　人民體育出版社　一九八八年
内藤新宿の町並とその歴史　新宿区教育委員会　平成三年
江戸名所図会　筑摩書房　一九九七年
反古のうらがき　鼠璞十種中巻　中央公論社　昭和五十三年

一〇〇字書評

切り取り線

本書の購買動機（新聞名か雑誌名か、あるいは○をつけてください）

＿＿＿新聞の広告を見て	雑誌の広告を見て	書店で見かけて	知人のすすめで

住所
なまえ
年齢
職業

あなたにお願い

この本をお読みになって、どんな感想をお持ちでしょうか。右の「一〇〇字書評」を私までいただけたらありがたく存じます。今後の企画の参考にさせていただきます。

あなたの「一〇〇字書評」は新聞・雑誌などを通じて紹介させていただくことがあります。

そして、その場合は、お礼として、特製図書カードを差しあげます。

右の原稿用紙に書評をお書きのうえ、このページを切りとり、左記へお送りください。電子メールでもけっこうです。

〒101-8701 東京都千代田区神田神保町三－六－五
九段尚学ビル　祥伝社
☎（三二六五）二〇八〇
祥伝社文庫編集長　加藤　淳
bunko@shodensha.co.jp

祥伝社文庫

上質のエンターテインメントを！　珠玉のエスプリを！

祥伝社文庫は創刊15周年を迎える2000年を機に、ここに新たな宣言をいたします。いつの世にも変わらない価値観、つまり「豊かな心」「深い知恵」「大きな楽しみ」に満ちた作品を厳選し、次代を拓く書下ろし作品を大胆に起用し、読者の皆様の心に響く文庫を目指します。どうぞご意見、ご希望を編集部までお寄せくださるよう、お願いいたします。

2000年1月1日　　祥伝社文庫編集部

●NPN823

阿哥《あご》の剣法《けんぽう》　よろず請負《うけお》い　　時代小説

平成12年11月10日　初版第1刷発行

著者　永《なが》井《い》義《よし》男《お》

発行者　村木博

発行所　祥《しょう》伝《でん》社《しゃ》
東京都千代田区神田神保町3-6-5
九段尚学ビル　〒101-8701
☎03（3265）2081（販売）
☎03（3265）2080（編集）
印刷所　堀内印刷

製本所　ナショナル製本

万一、落丁・乱丁がありました場合は、お取りかえします。

ISBN4-396-32823-0 C0193

祥伝社のホームページ・http://www.shodensha.co.jp/

祥伝社文庫

峰 隆一郎
明治暗殺刀 人斬り俊策

旧幕臣・風戸俊策《かざとしゅんさく》が狙うは、元勘定奉行を罪なくして斬首した新政府高官。驕《おご》り高ぶる旧薩長藩士に剛剣が舞う！

峰 隆一郎
明治凶襲刀 人斬り俊策

政府の現金輸送馬車を狙え！ 薩長への恨みを抱き続ける風戸俊策の讐鬼の剣が、激変の明治の街に唸る！

峰 隆一郎
餓狼の剣

関ヶ原合戦後、藩が画策する浪人狩りに、新陰流の達人・残馬左京《ざんまさきょう》の剣が奔《はし》る！ 急逝した著者の遺作。

峰 隆一郎ほか
落日の兇刃《きょうじん》

岡田以蔵《おかだいぞう》、柳生一族、塚原卜伝《つかはらぼくでん》…剣の魔性に取り憑《つ》かれた剣鬼の凄絶な生き様を描く、傑作時代アンソロジー。

半村 良ほか
捨て子稲荷

捨て子が首から下げているお守りに、盗まれた七千両の隠し場所が記されていた（表題作）。人情と剣の醍醐味！

山田風太郎ほか
細谷 正充編
逆転

失意の底から這い上がろうとする人間が「人生の逆転」に懸けるさまを描く、傑作時代小説集。